五弁の悪花

八丁堀剣客同心

鳥羽 亮

時代小説文庫

角川春樹事務所

目次

五弁の悪花

八丁堀剣客同心

第一章　八丁堀殺し

1

淡い夕闇《ゆうやみ》が町筋をつつんでいたが、まだ、大気のなかにはねっとりしたような暑熱《しょねつ》が残っている。

暮れ六ツ（午後六時）過ぎて、小半刻《こはんとき》（三十分）ほど経《た》ったろうか。八丁堀川沿《はっちょうぼりがわ》いの表店《おもてだな》は店仕舞いし、薄墨を刷《は》いたような夕闇のなかにひっそりと軒をつらねていた。川沿いの通りには人影がなく、岸辺に群生した芒《すすき》や葦《あし》などが風になびく音が、物悲しく聞こえてくる。

南町奉行所、定廻《じょうまわ》り同心、菊池新兵衛《きくちしんべえ》は小者《こもの》の増吉《ますきち》をしたがえて、八丁堀川沿いの道を川下にむかって歩いていた。八丁堀のある組屋敷に帰るところだった。

菊池は黄八丈《きはちじょう》の小袖《こそで》を着流し、黒羽織の裾《すそ》を角帯にはさんだ巻き羽織と呼ばれる八丁堀ふうの格好をしていたので、遠目にも八丁堀同心と知れる。

「遅くなったな」

菊池がつぶやくような声で言った。

ふだんは、遅くとも七ッ（午後四時）には市中の巡視を終え、まだ陽《ひ》があるうちに組屋敷に帰るのだが、今日は事件の探索のために巡視の後で京橋にまわり、すっかり遅くなってしまったのだ。

「旦那《だんな》、後ろからくる武家は、京橋からずっといっしょですぜ」

増吉が、それとなく言った。顔に不安そうな色がある。

「おれも、気付いていたよ」

菊池は京橋を渡り、京橋川に沿って歩いているとき、半町ほど後ろを歩いている大柄な武士を目にとめたのだ。

武士は黒羽織に袴《はかま》姿で二刀を帯びていた。供はなく、ひとりである。一見して、御《ご》家人《けにん》か小身《しょうしん》の旗本といった感じである。

その武士が、いまも一町ほどの間隔を取ったまま歩いてくる。夕暮れ時、この辺《あた》りで御家人や旗本の姿はあまり見かけないので、菊池も気になった。

「まァ、おれたちには、かかわりあるまい」

菊池は、武士に襲われるような覚えはなかった。それに、辻斬《つじぎ》りや追剝《おいは》ぎの類《たぐい》が、八丁堀同心を襲うとは考えられなかった。

「だ、旦那、間がつまってきやしたぜ」

増吉が背後を振り返り、喉のつまったような声で言った。

「……………」

それとなく後ろを見ると、だいぶ間がつまっている。

武士は小走りになっていた。左手を鍔元《つばもと》に添え、すこし前屈《まえかが》みの格好で菊池たちに迫ってくる。

近付いたので、武士の顔がはっきりしてきた。歳《とし》は三十代半ばであろうか。眉《まゆ》が濃く、頤《おとがい》のはった厳《いか》つい顔の男である。見覚えのない顔だった。

「旦那、あっしらを襲う気ですぜ」

増吉の声は震えを帯びていた。

「まさか、そんなことはあるまい」

そう言ったが、菊池も不安になった。近くに、菊池たちの姿しかなかったのだ。それに、武士の身辺に殺気がただよっているような気がしたのだ。

菊池は自分の腕に自信がなかった。武士と斬り合いにでもなれば、後《おく》れを取るだろう。増吉は頼りにならない。

菊池が脇道に入ろうかと思ったとき、前方に人影があらわれた。黒の半纏《はんてん》に股引《ももひき》姿で、道具箱をかついでいる。大工らしい。急に姿が見えたのは、半町ほど先にかかっている中ノ橋を渡って通りに出たからであろう。

菊池はほっとした。その大工の後ろに、もうひとり人影があらわれたのだ。武士だった。納戸色《なんどいろ》の小袖を着流し、大刀を一本だけ腰に帯びていた。牢人《ろうにん》である。牢人は、ゆっくりとした歩調で歩いてくる。

……人目のあるところで、襲ったりはしまい。

と、菊池は思った。大工と牢人が、近付いてくるのだ。それに、背後から迫ってくる武士はひとりだった。

とそのとき、前からくる牢人が小走りになった。右手を柄《つか》に添えた姿に、いまにも抜刀しそうな気配があった。面長《おもなが》で、青白い顔をしていた。切れ長の細い目が、菊池にそそがれている。

大工が異変を察知したらしく、慌てて路傍へ逃れた。

……挟み撃ちだ！

と、菊池は思った。背後の武士と前からの牢人が、菊池を挟み撃ちにしようとしているのだ。

「増吉！　逃げるぞ」

菊池が声を上げた。

増吉は顔をひき攣《つ》らせ、慌てて周囲に目をやった。逃げ道を探したようだ。

だが、駆け込むような路地はなかった。左手は八丁堀川で、右手は店仕舞いした表店が軒を連ねている。

菊池は表店の方へ走った。どこかに、くぐり戸でもあいていれば、と思ったのである。その店は下駄屋だった。軒下に下駄屋の看板がかかり、風に揺れていた。下駄屋は大戸をしめ、どこにもあいている戸はなかった。

菊池が下駄屋の前で立ちどまり、きびすを返した。武士と牢人の足音が、すぐ背後に迫っていたのだ。

「な、何奴だ！」

菊池が甲走《かんばし》った声で誰何《すいか》した。増吉は、菊池の脇で震えている。

武士と牢人は、菊池から四間《けん》ほどの間《ま》を取って足をとめた。ふたりとも無言のまま菊池を睨《ね》めるように見すえている。

「お、おれは、御番所（奉行所）の同心だぞ」

菊池の声は、震えを帯びていた。

大柄な武士が菊池に目をむけたまま、

「こいつは、おれが斬る」

と、低い声で言った。菊池にむけられた双眸《そうぼう》には、獲物《えもの》を追いつめた猛獣のような猛々《たけだけ》しいひかりがあった。

「ならば、おれが小者を斬るか」

牢人が、つぶやくような声で言った。

牢人はのっぺりした顔をしていた。前髪が額に垂れ、蛇《くちなわ》を思わせるような細い目をしている。薄い唇が、鮮血を思わせるように赤かった。

「し、痴《し》れ者《もの》が！」

叫びざま、菊池は腰の長脇差《ながわきざし》を抜いた。

武士にむけた切っ先が、笑うように揺れている。

増吉は担いでいた挟み箱を放り出し、恐怖に身を顫《ふる》わせながら後じさった。その前に、牢人がゆっくりと歩を進めてきた。

菊池と対峙《たいじ》した武士は、

「それでは、犬も斬れんぞ」

言いざま、抜刀した。

構えは青眼《せいがん》である。腰の据わった隙《すき》のない構えで、切っ先がピタリと菊池の目線につけられている。

菊池の顔が恐怖にゆがんだ。菊池は武士の切っ先が、そのまま眼前に迫ってくるような威圧を感じたのだ。菊池はさらに後じさった。

ズッ、ズッ、と、武士が足裏で地面を擦りながら間合をつめてきた。

菊池は追いつめられ、背が下駄屋の大戸に迫った。腰が引け、剣尖《けんせん》が浮いている。

「おのれ！」

いきなり、菊池が斬り込んだ。

窮鼠《きゅうそ》の一撃である。振りかぶりざま、真《ま》っ向《こう》へ。体ごとぶつかっていくような斬撃《ざんげき》だった。

オオッ！

と気合を発し、武士はすばやい体捌《たいさば》きで脇へ跳びざま、刀身を一閃《いっせん》させた。青眼から逆袈裟《ぎゃくげさ》に斬り上げたのである。

菊池がのけ反った瞬間、脇腹から肩にかけて斜《はす》に着物が裂け、ひらいた傷口から截《せつ》断《だん》された肋骨《ろっこつ》がのぞいた。次の瞬間、傷口から血が奔騰《ほんとう》した。

凄《すさ》まじい剛剣だった。武士の一撃は、菊池の右腋《みぎわき》から左肩にかけて深くえぐり、肋骨まで截断したのである。

菊池は全身血まみれになりながら、数瞬つっ立っていたが、腰からくずれるように転倒した。地面に伏臥《ふくが》した菊池は低い呻《うめ》き声を上げ、地面を這《は》おうとして四肢《しし》を動かしたが、いっときすると動かなくなった。絶命したようである。

武士が菊池に仕掛けると同時に、牢人も動いていた。

牢人は低い下段に構え、すばやい足捌きで一気に増吉の前に迫った。

増吉は身をすくませ、下駄屋の大戸に背を押しつけていたが、牢人が間近に迫ると、

「た、助けて！」

と悲鳴を上げ、逃げ出そうと体をひねった。

刹那《せつな》、牢人の体が躍動し、閃光《せんこう》がはしった。

下段から逆袈裟へ。稲妻のような斬撃だった。

にぶい骨音がして増吉の首がかしぎ、首根から血が驟雨《しゅうう》のように飛び散った。牢人の切っ先が増吉の首筋をとらえたのである。

増吉は血飛沫《ちしぶき》を撒《ま》きながらよろけ、前につんのめるように倒れた。

地面につっ伏した増吉は動かなかった。首筋からほとばしり出た血が、増吉の体と

周囲の地面を血で染めていく。

「たあいもない」

牢人は薄笑いを浮かべた。細い双眸が残忍なひかりをたたえ、薄い唇が血をふくんだように赤く染まっている。

「長居は無用」

大柄な武士が、牢人のそばに来て言った。

ふたりは、濃い暮色に染まった八丁堀川沿いの道を川下にむかって足早に去っていく。辺りはひっそりとして、夕闇のなかに血の濃臭だけがただよっている。

2

「旦那さま、どうぞ」

おたえが銚子《ちょうし》を手にして、膝《ひざ》を寄せてきた。

「うむ……」

隼人《はやと》は口をひき結び、口元に浮いたニヤけた笑いを抑えて杯を差し出した。

八丁堀にある組屋敷の居間だった。長月《ながつき》隼人は、めずらしく妻のおたえの酌で酒を飲んでいたのだ。隼人は三十六歳。南町奉行所隠密《おんみつ》廻り同心である。

おたえは二十一歳。色白でふっくらした頰《ほお》をしていた。まだ、娘らしい色香が残っている。隼人がおたえと所帯をもって三年経つが、子供がないせいか、まだ新妻のような気持ちが抜けないようだ。

「どうだ、母上の具合は」

隼人は杯《さかずき》を手にしたまま小声で訊《き》いた。

母のおつたは隼人が南町奉行所から帰ると、風邪気味だと言って、奥の寝間へ引きこもってしまったのだ。

「すこし、咳《せき》が出るようですが、熱はないようですよ」

おたえが障子《しょうじ》の向こうの寝間に目をやりながら、隼人の耳元でささやいた。

おつたは、五十八歳。若いころ主人と死に別れたこともあって、歳より老けていた。ちかごろ、腰が痛い、風邪気味だ、腹をこわした……、などと口にすることが多くなった。体の変調のせいもあるのだろうが、隼人の気を引きたい思惑もあるらしい。

「たいしたことは、ないようだな」

隼人は、ゆっくりと杯をかたむけた。

夫婦水入らずで、杯をかたむけることなど滅多になかった。いつも、おつたがいっしょで、夕餉《ゆうげ》のおりにも酒を飲む気にはなれないのだ。

「おたえ、どうだ、おまえも一杯」

隼人は、飲み干した杯を差し出した。

「あら、あたし、酒《ささ》など……」

言いながら、おたえは、そっと手を差し出して杯を手に取った。

隼人は銚子で酒をついでやりながら、おたえの耳元に顔を寄せ、

「おたえ、今夜な」

と、小声でささやいた。

おたえは、白い肌を首筋まで紅葉《もみじ》のように真っ赤に染めて首を横に振ったが、すぐに、ちいさくうなずいた。

「そ、そんなこと……」

と、コホ、コホ、と隣の座敷で、おったの咳が聞こえた。隼人たちの声は聞こえないはずだが、甘いやり取りを気配で察知したらしい。

おたえが、慌てて隼人から身を引いた。

隼人は苦笑いを浮かべ、おたえから杯を受け取った。

隣の座敷の咳は、すぐにやんだ。何の物音も聞こえてこない。隼人たちが急に話をやめたので、さらに聞き耳をたてているのかもしれない。

隼人は杯の酒を飲み干すと、

「どうだ、おたえ、母上といっしょに浅草寺《せんそうじ》にお参りに行って、帰りに旨《うま》い物でも食ってこないか」

と、隣の座敷にも聞こえるように声を大きくして言った。そんな気はなかったが、おつたに気分よく眠ってもらいたかったのだ。

「まァ、嬉《うれ》しい」

おたえが、子供のような声を上げた。

とそのとき、表の戸口に走り寄る足音が聞こえた。だれか来たようだ。男らしい重い足音である。

つづいて、表戸をあける音がし、

「長月さま！　長月さま」

と、呼ぶ声がした。ひどく慌てているようである。

「旦那さま、だれでしょう」

おたえが、こわばった顔で隼人を見た。ただごとではない。男の声には、緊急事態を思わせる昂《たかぶ》ったひびきがあったのだ。

「今日は、よく邪魔の入る日だな」

隼人は立ち上がった。

戸口に立っていたのは、金之丞《きんのじょう》だった。南町奉行所定廻り同心、天野玄次郎《あまのげんじろう》の弟である。天野の住む組屋敷は隼人の家と近かったこともあり、親しく行き来していた。金之丞とも、顔馴染《かおなじ》みである。

「長月さま、大変です！」

金之丞が、声をつまらせて言った。金之丞は二十歳、ちかごろ少年らしさが消え、兄の玄次郎に似て剽悍《ひょうかん》そうな顔付きになってきた。その顔が、こわばっている。

「何があったのだ」

「菊池新兵衛さまが、斬られて亡くなりました」

「なに！　菊池が斬られたと」

思わず、隼人の声が大きくなった。同じ奉行所の同心なので、菊池のことはよく知っていたのだ。

「はい、兄は現場に駆けつけました。長月さまにも、来ていただきたい、との兄からの言伝《ことづて》でございます」

金之丞が早口で言った。

「で、現場は？」

「八丁堀、中ノ橋の近くだそうです」

「近いではないか」

ここから近い。いったい、何があったのだろう。八丁堀同心が、奉行所の同心の組屋敷や与力《よりき》の屋敷の集まっている八丁堀で殺されるとは……。

「すぐ行く」

隼人は座敷に引き返し、愛刀の兼定《かねさだ》を手にした。通常、同心は犯人は斬らずに生け捕《ど》りにすることを要求されているので、刃引きの長脇差を差している者が多いが、隼人は切れ味の鋭い兼定を愛用していた。隼人には、生け捕《い》りにしたければ、峰打ちにすればいいという思いがあったからである。

「だ、旦那さま、これからお出かけですか」

おたえが、おろおろとついてきた。

「大事が出来《しゅったい》した。おたえは戸締まりを厳重にして、先に休め」

隼人がいかめしい顔をして言った。

「は、はい……」

おたえが、蒼《あお》ざめた顔でうなずいた。

夫婦ふたりで差し向かいで酒を飲み、その後寝間で甘い夜を……などという浮いた気持ちはふっとんでしまった。

3

十六夜《いざよい》の月が出ていた。八丁堀川の川面《かわも》が月光を映じ、青白い無数の起伏を刻んでいる。川岸の丈の高い葦や芒が黒い波のように揺れていた。通りに人影はなく、表店は夜の帳《とばり》のなかにひっそりと沈んでいる。

「長月さま、あそこです」

金之丞が指差した。

見ると、夜陰のなかに提灯《ちょうちん》の明りが集まっていた。その明りのなかに、数人の黒い人影が動いている。町方同心や手先の小者であろうか。

集まった男たちのなかに、天野の姿もあった。提灯の明りに浮かび上がった顔が、驚愕《きょうがく》と悲痛にゆがんでいる。

「長月さん、菊池さんが……」

そう言っただけで、天野は視線を足元に落とした。

天野の足元に、八丁堀同心の身装《みなり》をした男がひとり横たわっていた。菊池らしい。

周囲の地面に、赭黒《あかぐろ》い血が飛び散っている。

隼人は天野の脇に歩を寄せた。

「こ、これは！」

思わず、隼人は声を上げた。

凄惨《せいさん》な死体だった。菊池の死体は仰向《あおむ》けにされ、目だけはとじられていたが、口をあけたまま顔を苦悶《くもん》にゆがめていた。全身血まみれである。脇腹から肩にかけて深い傷口があり、截断された肋骨が白く覗《のぞ》いている。

「天野、下手人は？」

隼人が訊いた。

隼人は天野より歳上で、町方同心を長くつづけていたこともあり、呼び捨てにしていた。

ちなみに、天野は二十七歳。天野は年長である隼人を敬愛していた。隼人は剣の腕が立つ上に、これまで何度も難事件を解決してきたからである。

「まだ、何も分かりません」

天野が答えた。弟の金之丞は、顔をこわばらせ天野の背後に立っている。

「剛剣の主だな」

下手人は逆袈裟に斬り上げたらしい。これだけの斬撃は、膂力《りょりょく》のすぐれた者が渾身《こんしん》の一刀をふるわなければ生じないだろう。

「小者の増吉も、殺《や》られています」

天野が右手の下駄屋の大戸の前を指差した。そこにも、三人ほど立っていた。提灯に浮かび上がった顔は、同じ南町奉行所の臨時廻り同心の加瀬《かせ》である。加瀬の顔にも悲痛の色があった。

隼人は加瀬に近付くと、頭を下げてから、足元に横たわっている増吉の死体に目をやった。加瀬は隼人より歳上だったのである。

俯《うつぶ》せになった増吉のまわりの地面に、小桶《こおけ》で撒いたように血が飛び散っていた。増吉の着物も血まみれである。

……こっちは、首か。

隼人がつぶやいた。

増吉の首が奇妙な格好にかしぎ、首筋や顎《あご》が赭黒い血に染まっていた。下手人は増吉の首を刎《は》ねたのである。傷は他にないようなので、下手人は増吉を一太刀《ひとたち》で仕留めたのだろう。遣《つか》い手《て》とみていい。

「下手人は、追剝ぎや辻斬りではないな」

加瀬が言った。

「いかさま」

隼人も同じ見方だった。下手人は、菊池の身装《みなり》から八丁堀同心と気付いたはずである。追剝ぎや辻斬りが、八丁堀同心を襲うはずはないのだ。しかも、ここは町方同心や与力の町ともいえる八丁堀である。

「長月、どうだ、下手人に心当たりはないか」

加瀬が訊いた。

「いえ、まったく……」

隼人に、心当たりはなかった。

「うむ……。ふたりとも一太刀で斬られているところをみると、下手人は武士だな」

「それも、腕のたつ武士でしょう」

隼人は、下手人はふたりであろうと思った。

菊池と増吉は、まったくちがう太刀筋で斬られていたからである。菊池を斬った下手人は、膂力のすぐれた剛剣の主であろう。一方、増吉を斬ったのは、精妙な剣を遣う男にちがいない。

ただ、隼人は加瀬に下手人はふたりらしいと言わなかった。いまのところ、隼人の推測だけだったからである。

「いずれにしろ、探索は明日からだな」

加瀬が、集まった男たちにも聞こえるように言った。

すでに辺りは深い夜陰につつまれていた。通り筋の表店も大戸をしめ、ひっそりと寝静まっている。

「死骸《ほとけ》を片付けよう」

加瀬の指示で戸板が運ばれ、菊池と増吉の死体は、とりあえず菊池家に移された。翌朝まで、この場に死体を放置しておくわけにはいかなかったのである。

翌朝から、探索が始まった。南町奉行所の定廻りと臨時廻りの同心が四人もくわわり、その手先たちに指示して、八丁堀川沿いを中心に聞き込みにまわらせたのである。

南北の奉行所には、それぞれ定廻りが六名、臨時廻りが六名、隠密廻りが二名、これだけの同心で、江戸市中全域でおこる犯罪の探索、逮捕にあたっていた。そのうち、南町奉行所だけで四人の同心が探索を開始したのだから、まさに南町奉行所の総力をあげて、下手人の捕縛《ほばく》に当たったといっていい。

すぐに、斬殺を目撃した男が見つかった。長助《ちょうすけ》という手間賃稼ぎの大工だった。長助は、菊池と増吉が斬り殺されたとき、近くを通りかかったのである。

長助の証言から、下手人はふたりであることが分かった。ひとりは大柄で、御家人ふうの武士。もうひとりは中背《ちゅうぜい》で、総髪の牢人体《てい》の男だという。

武士は、京橋の方から菊池たちの跡を尾《つ》けてきたそうである。一方、牢人は中ノ橋を渡ってあらわれ、ふたりで菊池たちを挟み撃ちにしたという。

分かったのは、それだけだった。ふたりの男の名も、何のために菊池たちを斬ったのかも不明である。

4

「旦那さま、いってらっしゃいまし」

戸口まで見送りにきたおたえが、隼人を見上げながら言った。声に甘えるようなひびきがある。出仕する隼人を見送るときのいつもの声である。

「どうだ、母上の具合は」

隼人が兼定を腰に帯びながら訊いた。

半分は仮病であろうと思っていたおつたの風邪が、日毎《ひごと》に重くなった。熱も高くなり、食事もまともに摂《と》れなくなったのだ。

「だいぶ、よくなられたようですよ。今朝《けさ》は、湯漬をおいしいと言って、だいぶめしあがりになりましたから……」

おたえが、小声で言った。

「それはよかった」

おたえの声に、甘えるようなひびきがあったのは、おつたが回復したからであろう。

「元気だと、わずらわしいこともあるが、病気で寝込まれると、なんとなく寂しいものだな」

「義母上《ははうえ》が病気だと、家のなかが、何となく暗くなります」

おたえが、口元に笑みを浮かべて言った。

「すぐに、口やかましくなるぞ」

隼人は笑いながらそう言い置いて、戸口から出た。

だいぶ、陽は高くなっていた。五ツ（午前八時）ごろであろうか。同心の奉行所への出仕時間は五ツごろとされていたので、これからでは遅いが、隠密廻り同心だけはあまり時間にうるさくなかった。定廻りや臨時廻りとちがって、隠密廻りは奉行の指示を受けて秘密裡《り》に探索する役柄のためである。

小者の庄助《しょうすけ》が、挟み箱をかついで待っていた。

「旦那、おつたさまの風邪の具合はどうです」

庄助が、隼人に跟《つ》いてきながら訊いた。庄助は長く隼人に仕《つか》えていて、隼人の家のなかのことはよく知っていた。

「だいぶいいようだ」

「そいつは、よかった」

「あの婆さん、風邪くらいじゃァ死なないよ」

隼人が苦笑いを浮かべながら言った。

南町奉行所は、数寄屋橋《すきやばし》詰にあった。隼人は奉行所の海鼠壁《なまこかべ》の豪壮な長屋門をくぐり、同心詰所に入った。すでに、定廻りや臨時廻りの同心は巡視や探索のために奉行所を出たらしく、詰所に人影はなかった。

隼人が座敷に座して茶を飲んでいると、中山次左衛門《なかやまじざえもん》が顔を出した。中山は南町奉行、筒井紀伊守政憲《つついきいのかみまさのり》の家士である。

中山は還暦を過ぎた老齢だった。鬢《びん》や髷《まげ》は真っ白で顔の皺《しわ》も多かったが、なお矍鑠《かくしゃく》として、歳を感じさせない壮気にあふれていた。

「長月どの、お奉行がお呼びでござる」

中山が慇懃《いんぎん》な口調で言った。

筒井は隼人を役宅に呼ぶとき、中山を遣うことが多かったのだ。

「承知した」

隼人は、そろそろ奉行からの呼び出しがあるのではないかと思っていた。それというのも、南町奉行所の総力を上げて、菊池と増吉殺しを探っていたが、まだ下手人の目星もついていなかったのだ。

捕物《とりもの》にあたっている町方同心が何者かに斬殺され、下手人が挙げられなければ、奉行所の面目は丸潰《まるつぶ》れなのだ。大袈裟《おおげさ》に言えば、幕府の威信にもかかわるのである。筒井としても、南町奉行所の手で下手人を捕らえたいはずだ。

隼人は、中山に役宅の中庭の見える座敷に案内された。隼人が筒井と会うときの座敷である。

いっとき待つと、廊下をせわしそうに歩く足音がし、障子があいた。筒井である。登城前だが、まだ麻裃《あさがみしも》姿ではなかった。

筒井はせわしそうに座敷に入って来ると、

「長月、待たせたな」

と、言って対座した。

隼人が時宜の挨拶《あいさつ》をのべようとすると、筒井は、挨拶はよい、と言って制し、

「登城せねばならぬ刻限ゆえ、急ぎ用件のみを伝える」

そう言って、隼人に目をむけた。双眸に、能吏らしい刺すようなひかりが宿ってい

る。

「菊池が斬殺された件を承知しておろうな」

「ハッ」

南町奉行所のなかに、その件を知らない者はいなかった。

「坂東《ばんどう》より聞いたが、下手人はふたり、いずれも武士だそうだな」

坂東繁太郎《しげたろう》は筒井の内与力だった。南町奉行所内で扱っている主な事件は、坂東から筒井に報《し》らされることが多い。

「いかさま」

「一刻も早く、南町奉行所《みなみ》の手で下手人を捕らえたい。奉行所のみならず、公儀の威信にかかわるのだ」

「…………」

隼人の予想していた言葉だった。このままでは、筒井の面目もたたないだろう。

「長月、此度《このたび》の件の探索にかかれ」

筒井の声には、いつになく強いひびきがあった。

「心得ました」

隼人が低頭し、辞去しようとすると、

「待て、長月」

と言って、筒井がとめた。

「聞くところによると、ふたりの下手人は手練《てだれ》だそうだな」

「そうみております」

隼人は座りなおした。

「手に余らば、斬ってもかまわぬぞ」

筒井が言った。

町方同心は、下手人の生け捕りが任務だった。だが、下手人が抵抗し、生け捕りが困難な場合は、手に余ったと称し、斬殺することもあった。

隼人は直心影流《じきしんかげりゅう》の遣い手だった。そのことを、筒井は知っていて、下手人が兇刃《きょうじん》をふるって抵抗するようなら斬ってもよい、と念を押したのだ。筒井は隼人の身を思って、言ったのである。

「有り難きお言葉にございます」

隼人は、もう一度深く頭を下げてから腰を上げた。

5

その日、隼人が奉行所の門を出て数寄屋橋を渡り始めると、橋のたもとに立っているふたりの男が目に入った。利助《りすけ》と綾次《あやじ》である。利助は隼人が手札を渡している岡っ引きで、綾次はその下っ引きである。ふたりは、隼人の顔を見ると、すぐに駆け寄ってきた。

「どうした、何かあったのか」

隼人は、数寄屋河岸《がし》を八丁堀の方へ歩きながら利助に訊いた。庄助はすこし間を取って、後ろからついてくる。

「旦那、あっしらに仕事をさせてくださいよ。仲間はみんな、菊池の旦那の件で走りまわっていやすぜ。あっしらだけ、ぶらぶらしてたんじゃァ肩身が狭《せめ》えや」

利助が不服そうな顔をして言った。綾次も、同じような顔をしてうなずいている。

どうやら、ふたりは隼人から探索の指示がなかったので、業《ごう》を煮やしていたらしい。

利助は二十代半ば、岡っ引きとしては駆け出しだったが、やる気だけは十分だった。それに、少々、おっちょこちょいな面もある。綾次はまだ十代で、利助の指示で走りまわっているだけだった。

「ちょうどよかった。ふたりに、頼みたいことがあったのだ」

隼人は、明日にでも、神田紺屋町にある小料理屋の豆菊《まめぎく》へ行くつもりだった。豆菊が利助の家である。

「旦那、菊池の旦那の件ですかい」

利助が目をひからせて訊いた。

「そうだ。まず、探し出してもらいたい男がいる」

「だれです」

利助が身を乗り出すようにして訊いた。綾次も目を剝《む》いて、隼人を見つめている。

「菊池さんが使っていた手先だ」

隼人は、菊池が手札を渡していた岡っ引きから話を訊けば、何か知れるのではないかと思ったのだ。

「旦那、探すまでもねえや。あっしは、知っていやすよ」

利助が、なんだ、そんなことか、といった顔をした。

「ほう、そうかい。たいしたものだな」

隼人は利助に顔をむけた。

「船松町《ふなまつちょう》の弥十《やじゅう》親分でさァ」

船松町は大川端にあり、佃島《つくだじま》がすぐ目の前である。

「近いな。これから行って会えるかな」

そろそろ七ツ（午後四時）になるだろうか。陽は西の家並の上にあり、西陽が通りを照らしていた。

「そば屋をやってるそうですぜ」

そば屋の屋号は、繁田屋《しげたや》だそうである。

「行ってみるか」

船松町はひろい町ではなかった。それに、八丁堀川にかかる稲荷橋《いなりばし》を渡れば、八丁堀へもすぐに帰れる。

「お供しやす」

利助が意気込んで言った。

隼人は京橋のたもとまで来ると、庄助を組屋敷に帰し、利助と綾次を連れて八丁堀川沿いの道を船松町へむかって歩いた。

繁田屋はすぐに分かった。船松町に入ってから通りかかった船頭に訊くと、佃島への渡し場の近くだと教えてくれたのだ。

小体《こてい》な店だった。土間の先に追い込みの座敷があり、そこで数人の客がそばをたぐっていた。

　隼人たちが入って行くと、店先にいた襷《たすき》がけの小女《こおんな》が、驚いたような顔をして奥へ駆け込んだ。隼人は黄八丈の小袖を着流し、巻き羽織という八丁堀同心と分かる格好で来ていたので、小女は驚いたらしい。

　すぐに奥から小女と前だれをかけた年増が出てきた。年増は店の女将《おかみ》であろうか。前だれで濡《ぬ》れた手を拭《ふ》きながら、慌てた様子で隼人に近寄ってきた。板場で洗い物でもしていたようである。

「女将か」

　隼人が訊いた。

「は、はい、お滝《たき》ともうします」

　お滝が声をつまらせて言った。隼人に向けられた目に、不安そうな色がある。

「弥十はいるかい」

「そ、それが、うちのひとは朝から出かけてまして……」

　お滝の話だと、弥十は手先の平助《へいすけ》を連れて、朝から探索に出かけたという。

「菊池さんが、殺られた件か」

「は、はい……」

お滝の顔に、怯《おび》えたような表情が浮いた。亭主の身に何かあったと思ったのであろうか。

「いや、たいしたことではないのだ。ちと、弥十に訊きたいことがあってな。もどるのは、いつごろかな」

「陽が沈むまでには、帰ると言って出ましたけど……」

お滝の顔が、いくぶんなごんだ。亭主の身に何か起こったわけではないと分かったからであろう。

「すこし、待たせてもらっていいかな」

隼人は、ついでにそばでも食おうと思った。

「どうぞ、どうぞ。奥の小座敷を使ってくださいまし」

お滝は、隼人たちを追い込みの座敷の奥にある小座敷に案内した。馴染みの客用の座敷らしい。

「女将、三人分、そばを頼みたいが」

隼人はそう言うと、利助と綾次が嬉しそうな顔をした。ふたりも、腹をへらしていたらしい。

それから小半刻（三十分）ほどすると、弥十が帰ってきた。下っ引きの平助もいっしょである。弥十は三十がらみ、浅黒い肌で頰のそげた剽悍そうな顔をした男だった。平助は二十二、三であろうか。丸顔で小太りだった。ふたりはだいぶ歩きまわったと見え、疲れ切った顔をしていた。

「弥十、菊池さんの件か」

弥十が歩きまわっているのは、菊池を斬殺した下手人をつきとめるためだろう、と隼人は思ったのだ。

「へい、旦那があんなことになっちまって……。あっしは何としても下手人をお縄にしてえんでさァ。そうでねえと、あっしの気がすまねえんで」

弥十の顔を、苦悶と悲痛の翳《かげ》がおおっていた。平助も、視線を落として唇を噛《か》みしめている。

「それで、下手人の目星は?」

隼人が声をあらためて訊いた。

「見当も、つかねえんでさァ」

そう言って、弥十が肩を落とした。

「今日は、何を探りにいったんだ」

弥十は何か当てがあって出かけたのだろう、と隼人は推測したのだ。

「松野屋《まつのや》の番頭殺しで。……菊池の旦那は殺される前、番頭殺しの下手人を追ってやしてね。旦那が殺されたことと、何かかかわりがあるんじゃァねえかと思ったもんで」

「菊池さんは、あの件を洗っていたのか」

隼人も松野屋の件は知っていた。

松野屋は、日本橋堀江町にある太物《ふともの》問屋の大店《おおだな》だった。その店の番頭、徳蔵《とくぞう》が新大橋近くの大川端で斬殺され、集金した百二十両の大金を奪われたのである。新大橋近くに、以前から辻斬りが出没していたことから、徳蔵は辻斬りに襲われたのではないか、と町方はみていたのだ。

「へい、徳蔵も侍に斬られてやしたからね。今度の件と何かかかわりがあるかもしれねえと思い、洗いなおしてたんでさァ」

「それで、何か出てきたのか」

いい読みだ、と隼人は思った。隼人も、菊池がかかわっていた事件と関連があるのではないかとみていたのだ。

「それが、まったく……」

弥十は首を横に振った。

「うむ……」

隼人も胸の内で、念のために松野屋の番頭殺しを洗ってみよう、と思ったが、口にはせず、

「菊池さんが、他に探っていた事件《やま》は？」

と、訊いた。

「あとは、こそ泥と喧嘩《けんか》ぐれえでして……」

「そうか」

隼人も、こそ泥や喧嘩が菊池殺しにつながっているとは思えなかった。菊池たちを斬った下手人は、ふたりの武士なのである。

それからしばらく、隼人は菊池の近頃の様子や事件とかかわりのありそうな者などについて、弥十に訊いたが、役に立つような話は聞けなかった。

「弥十、何か分かったら知らせてくんな」

そう言って、隼人が立ち上がると、

「旦那、お頼みしてえことがありやす」

弥十が隼人を見上げて言った。

「何だ？」

「あっしと平助を、旦那に使っちゃァもらえませんかね。今度の事件の下手人をお縄にするまででいいんでさァ。……あっしらは、何としても菊池の旦那の敵《かたき》が討ちてえんで」

弥十が絞り出すような声で言うと、脇に座していた平助も、お願えしやす、と訴えた。ふたりの顔には、必死の表情があった。

「手を貸してもらいてえのは、こっちだ。弥十、平助、頼むぜ」

そう言って、隼人はふたりの肩をたたいた。

6

「長月の旦那、あれが松野屋でさァ」

弥十が、路傍に足をとめて言った。

日本橋堀江町の表通りだった。隼人は弥十を連れて、松野屋の近くに来ていたのだ。

松野屋は、太物問屋の大店らしく二階建ての土蔵造りの店舗だった。軒下に下がった藍色《あいいろ》の暖簾《のれん》に、松野屋と染め抜かれている。

「弥十、今日のところは、おれひとりで訊いてみる。おめえは、近所で松野屋のことを聞き込んでくんな」

そう言い置いて、隼人はひとりで暖簾をくぐった。

土間の先が畳敷きの間になっていて、数人の手代《てだい》と丁稚《でっち》が客らしい男と反物《たんもの》を見ながら話していた。商談であろう。

帳場格子《ごうし》の奥に座していた番頭らしき男が、隼人を目にし、慌てた様子で框《かまち》のそばまで出てきた。五十がらみの赤ら顔の男である。

「これは、これは、八丁堀の旦那。番頭の富造《とみぞう》でございます」

富造は、愛想笑いを浮かべながら腰をかがめた。松野屋の番頭は、ひとりではないらしい。

「あるじの峰右衛門《みねえもん》はいるか」

隼人は、弥十から主人の名を聞いていたのだ。

「どのようなご用件でございましょうか」

富造が、上目遣いに隼人を見ながら訊いた。

「徳蔵が殺された件だ」

隼人は権高《けんだか》に言った。下手《したて》に出ると、よけい手間取るのだ。

「お、お待ちを。あるじに訊いてまいります」

富造は、慌てた様子で帳場の奥へひっ込んだ。

待つまでもなく、富造が足早に奥から出てきた。隼人の前で揉《も》み手《で》をしながら、

「どうぞ、お上がりになってくださいまし。あるじに、何で奥へ通さないのかと叱られました」

と、首をすくめながら言った。

隼人が案内されたのは、帳場の奥の座敷だった。あけられた障子の先に、ちいさな坪庭があった。松と梅が形のいい枝を伸ばしていた。ここは、大事な客との商談の部屋らしい。

座敷で、峰右衛門が待っていた。瘦《や》せた男で頰や眼窩《がんか》が落ちくぼみ、頰骨や顎が突き出ているように見えた。還暦にちかいだろうか。鬢や髷に白髪《しらが》が目立ち、顔には老人特有の肝斑《しみ》も浮いていた。

「八丁堀の長月だ」

対座すると、隼人が先に名乗った。定廻り同心ではないので、隼人の顔は知らないはずである。

「松野屋のあるじ、峰右衛門でございます」

峰右衛門は物言いは丁寧《ていねい》だったが、声が昂っていた。

八丁堀同心が突然訪ねてくれば緊張して当然だが、峰右衛門の顔には暗い翳《かげ》が張り

付いていた。不安というより怯えのような表情である。

「番頭が殺された件で、訊きたいことがあってな」

隼人が切り出した。

「長月さま、このところ親分さんが何人か見えられましたが、何か不審でもございますか。番頭さんが殺されたことは、災難だったと諦《あきら》めておりますが……」

峰右衛門が眉宇《びう》を寄せて言った。どうやら、岡っ引きが、何人か聞き込みに来たようだ。弥十と同じように菊池殺しとつなげてみたのだろう。

「番頭は百二十両もの大金を持ってたそうだが、集金の帰りかい」

隼人は、かまわず事件のことを訊いた。

「は、はい、掛け金の集金で両国方面をまわった帰りに、あのような日に……」

「番頭ひとりで行ったのかい」

隼人は、大金を扱うなら、番頭ひとりでなく手代か丁稚がいっしょでもいいような気がしたのである。

「その日は、たまたま番頭さんひとりだったのです」

「たまたまな」

隼人は何か裏があるような気もしたが、そのことは口にしなかった。追及するなら、持ち駒をそろえてからだと、思ったのである。

「ところで、南の御番所の菊池さんを知ってるな」

隼人が声をあらためて訊いた。

「は、はい……」

峰右衛門の顔に戸惑いと同時に、やはり、そのことか、といった表情が浮いた。松野屋に聞き込みにきた岡っ引きたちも、菊池の名を出したにちがいない。

「菊池さんは、番頭が殺された件で来たのだろうが、何を訊いたのだ」

「いろいろございまして……。集金のこと、帰りの道筋のこと、それに、店の奉公人の他にも集金のことを知っている者はいたのかとか……」

峰右衛門は言いにくそうに、語尾を濁した。

「それで、他に集金のことを知っている者はいたのか？」

さらに、隼人が訊いた。

「い、いえ、いないと思います」

峰右衛門が声をつまらせて言った。

「おまえも、辻斬りの仕業《しわざ》と思うのだな」

「……はい、それしか考えられないもので」

峰右衛門は小声で言って、視線を膝先に落とした。

「ところで、峰右衛門、大柄な武士と牢人が店に来なかったか」

隼人は峰右衛門を直視して訊いた。

一瞬、峰右衛門の顔に怯えの色がよぎったが、表情を消して、

「お武家さまが、店においでのこともございますが……」

と、曖昧《あいまい》な物言いをした。

……何か隠しているな。

と、隼人は感じたが、さらに追及する気はなかった。いや、できなかったのである。隼人にしても、武士と牢人というだけで、身分も名も分かっていなかった。大柄な武士と牢人といっても、雲をつかむような話である。いまは、峰右衛門の話を聞くことしかできなかったのだ。

それから小半刻（三十分）ほど、峰右衛門から話を聞いて、隼人は腰を上げた。

「また、寄らせてもらうかもしれねえぜ」

そう言い置いて、廊下へ出ると、峰右衛門が慌てて追ってきた。

「これは、ほんの茶菓子代で」

そう言って、袖の下を渡そうとした。御捻《おひね》りには、一分銀が何枚かつつんでありそ

うだった。

「おれに、気を使うことはねえぜ」

隼人は、差し出した峰右衛門の手をやんわりとおさえた。

7

隼人は、縁側で髪結いの登太《とうた》に髷を結いなおしてもらっていた。奉行所に出仕する前、登太に髪をあたってもらうのは、いつものことである。

陽はだいぶ高くなっていた。すでに、出仕の刻限の五ッ（午前八時）は過ぎているだろう。

おたえは、陽が高くなってものんびり構えている隼人にやきもきして、二度も縁側に様子を見にきたが、隼人は慌てなかった。このところ、菊池殺しの探索に当たっていることを当番与力に伝えてあったので、出仕しなくとも差し障りなかったのだ。

そのとき、戸口から近付いてくるせわしそうな足音がした。また、おたえが来たらしい。

障子があき、顔を出したおたえは、

「旦那さま、来てますよ」

うである。

と、なじるような声で言った。いっこうに腰を上げない隼人に、腹をたてているよ
「だれが来ているのだ」

「利助さん」

「朝から、何の用だ」

「知りませんよ。ご自分で、訊いたらいいでしょう」

おたえが、頰をふくらませて言った。そういう仕種《しぐさ》は、まだ娘のようである。

「庭にまわしてくれ」

「分かりました」

おたえは障子をしめると、足音をひびかせて戸口にもどっていった。

すぐに、利助が縁先にまわってきた。顔が紅潮し、額に汗が浮いている。だいぶ、急いで来たらしい。

「旦那、殺しですぜ」

利助が隼人の顔を見るなり言った。

「殺しだからって、おれが出張《でば》るこたァねえ。定廻りの者にまかせておけばいい」

江戸市中で起こった事件の探索にあたるのは、定廻りと臨時廻りの者である。隼人

のような隠密廻りの者は、奉行の指示があった場合だけ動くのである。

「それが、旦那、菊池の旦那と同じ筋じゃァねえかと言う者がいやしてね。……それで、あっしは飛んできたんでさァ」

「なに、同じ筋だと!」

隼人の声が大きくなり、背筋が伸びた。

すると、登太がすばやく隼人の肩にかけてあった手ぬぐいを取り、パタパタと肩先をたたいた。髷は結い終えたという合図である。

「殺られたのは、女なんですがね。増吉と同じように、首を斬られてたんでさァ」

「場所はどこだ」

隼人は立ち上がった。

「小網町《こあみちょう》、日本橋川の土手でさァ」

小網町は、八丁堀からみて日本橋川の対岸に位置していた。

「近いな」

「行くぞ」

隼人が障子をあけて戸口の方へまわると、おたえが慌てて後を追ってきた。

「旦那さま、御番所ですか」

「小網町だ。女が首を刎ねられて殺されたそうだ」

「まァ……」

おたえは目を剝《む》き、自分の首を指先で押さえた。さっきまで、やきもきして紅潮していた顔から血《ち》の気《け》が引いている。

「おたえ、出かけるぞ。留守を頼む」

隼人がいかめしい顔で言った。

「はい」

おたえが口をひき結んでうなずいた。さっきまで隼人の態度に気をもんでいたが、いまは隼人の妻になりきっている。

隼人は利助とともに、小網町に急いだ。

日本橋川沿いの通りは、賑《にぎ》わっていた。魚河岸と米河岸が近いせいもあって、ぼてふり、印半纏《しるしばんてん》姿の船頭、大八車で米俵《こめだわら》を運ぶ人足などが目についた。

川沿いの道を大川方面にむかい、鎧ノ渡《よろいのわたし》を過ぎると、だいぶ人通りがすくなくなった。ただ、突き当たりは行徳《ぎようとく》河岸で、その近くまで行くとまた通りは賑やかになる。

「旦那、あそこでさァ」

利助が指差した先を見ると、川岸のなだらかな土手に人だかりができていた。通りに足をとめて、下を覗《のぞ》いている者もいる。

人垣のなかに八丁堀ふうの格好をした天野や加瀬、それに顔見知りの岡っ引きや下っ引きの姿もあった。

「どいてくんな。八丁堀の旦那だ」

利助が声を上げると、野次馬たちが左右に散って道をあけた。

天野が気付いて、ここです、というふうに手を上げた。天野の足元に死体があるらしい。集まっている岡っ引きたちのなかに、弥十、平助、綾次の顔もあった。

「長月さん、首を斬られてます」

天野が小声で言った。

見ると、なだらかな斜面に女が横臥《おうが》していた。首筋に刃物で斬った傷があり、首が奇妙にまがっていた。土気色《つちけいろ》をした首筋や胸元がどす黒い血に染まっている。年増である。目を剝き、口を半分ほどあけていた。白い歯が覗いている。

……同じ手だな。

八丁堀で斬られた増吉の首筋にあった刀傷とよく似ていた。隼人は、同じ下手人だろうと思った。

女は子持縞《こもちじま》の小袖に路考茶《ろこうちゃ》の帯をしめていた。捲《めく》れた裾から赤の蹴出《けだ》しと、色白の二本の足が脛《すね》のあたりからあらわになっていた。小洒落《こじゃれ》た感じがする。料理屋ででも働いている女かもしれない。

「この女の身元は？」

隼人が天野に訊いた。

「堺町《さかいちょう》の蔦乃屋《つたのや》の座敷女中で、お峰《みね》という名だそうです」

「座敷女中か」

蔦乃屋は、日本橋でも名の知れた老舗《しにせ》の料理屋である。

「下手人は、菊池さんたちを殺った男と同じでしょうか」

天野が訊いた。

「増吉を斬ったのと、同じ手だな」

隼人は断定するように言った。

「辻斬りでも、追剝ぎでもないようだ。何者が何のために、菊池さんやお峰を斬ったんでしょうか」

天野が小首をかしげた。

「見当もつかねえ。ともかく、蔦乃屋で、話を訊いてみるか」

検屍は天野や加瀬たちの仕事である。隼人は、ここにいても仕方がないので、蔦乃屋で話を訊いてみることにした。

8

隼人は、利助、綾次、弥十、平助の四人を堺町に同行した。

隼人は堺町にむかう途中、

「おめえたち四人は、蔦乃屋の近所をまわり、店の評判と殺されたお峰のことを聞き込んでみてくれ」

と言って、利助たちと別れた。

蔦乃屋は暖簾が出ていたが、まだ客はいないらしくひっそりとしていた。店の入口の脇に植え込みがあり、籬《まがき》とちいさな石灯籠《いしどうろう》が配置してあった。老舗らしい落ち着いた感じのする店である。

「ごめんよ」

隼人は格子戸をあけて声をかけた。

土間の先に狭い板敷の間があり、その奥は座敷になっているらしかった。左手に二階へ上がる階段があり、右手に帳場があった。

帳場を見ると、ちいさな帳場机の脇で若い衆《し》らしい男と話している年配の男がいた。

五十がらみで、絽《ろ》羽織に細縞の小袖。渋い茶の角帯をしめている。蔦乃屋のあるじらしい。

「だれかいねえかい」

隼人は声を大きくした。

すると、帳場にいたあるじらしい男が気付いたらしく、慌てて立ち上がった。若い衆はあるじらしい男に声をかけて、帳場の奥の障子をあけて出ていった。

「八丁堀の旦那、とんだことになりました」

あるじらしい男が隼人と顔を合わすなり、困惑したように眉宇を寄せて言った。どうやら、お峰が殺されたことを知っているらしい。

「おめえさんは？」

「あるじの勘兵衛《かんべえ》でございます」

「小網町のことを、知ってるらしいな」

「は、はい、懇意にしている船頭が通りかかり、殺されたのがお峰と分かって、店に知らせてくれました」

勘兵衛は、いま、若い衆を小網町にやったところです、と言い添えた。

勘兵衛の顔に不安そうな表情があった。いや、不安ではなく怯えかもしれない。

……松野屋の峰右衛門と同じような顔をしてるぜ。

隼人は、峰右衛門が同じような表情をしていたのを思い出した。勘兵衛も峰右衛門も、何かに怯えているような節《ふし》がある。店で使っている者が、殺されただけではないのかもしれない。

ただ、隼人はそのことを訊かなかった。勘兵衛の顔の表情からそう思っただけなのである。

「昨夜《ゆうべ》、お峰は何時ごろ、この店を出たのだ」

隼人は、別のことを訊いた。

「五ツ（午後八時）ごろでしょうか。若い衆に送らせようと声をかけたんですが、お峰が、家は近いし、慣れた道なのでひとりで帰ると言ったもので……」

お峰の住む長屋は行徳河岸近くで、老母とふたり暮らしだそうである。

「お峰を殺した下手人に心当たりはあるかい？」

「いえ、まったく……」

勘兵衛は首を横に振った。

「何か揉め事はなかったかい。客相手の商売なら、男との諍《いさか》いもあっただろう」

さらに、隼人が訊いた。

「いえ、お峰は堅い方でしてね。浮いた話もありませんでしたよ」

勘兵衛は、はっきりと言った。

「ところで、八丁堀の菊池さんが、この店に来たことがあるかい」

下手人が同じなら、菊池とお峰はどこかでつながっていたはずである。

「いえ、店においでになったことはありませんが」

勘兵衛は怪訝《けげん》な顔をした。

「恰幅《かっぷく》のいい武士と牢人が、来たことは？」

大雑把《おおざっぱ》な問いだが、他に訊きようがなかったのである。

「お武家さまも、よくいらっしゃいますが、お名前が分かりませんと……」

勘兵衛は、答えようがない、といった顔をして、首をひねった。

もっともである。隼人は、別のことを訊いた。

「日本橋の松野屋を知ってるかい」

「はい」

「あるじの峰右衛門だが、この店に来たことがあるか」

「おいでになったことは、ありません」

勘兵衛は、はっきりと否定した。

「そうか」

どうやら、菊池も峰右衛門も蔦乃屋とのかかわりはないようである。

それから小半刻（三十分）ほど話して、隼人は蔦乃屋を出た。

戸口近くで、利助と綾次が待っていたが、弥十と平助の姿はなかった。いっとき、待ったが、弥十たちが姿を見せなかったので歩き出すと、背後から走り寄る足音が聞こえた。弥十と平助である。

「旦那、遅れちまってもうしわけねえ」

弥十が、荒い息を吐きながら言った。

「歩きながら話そう」

「へい」

「まず、利助たちから話してくれ」

「蔦乃屋ですがね。料理がうまいと評判で、だいぶ繁盛しているようでさァ」

利助と綾次が話したことによると、蔦乃屋はこれといった揉め事もなく、近所の評判も悪くないという。

「お峰はどうだ？」

「お峰を知ってた者は、口をそろえて堅い女だと言ってやしたぜ」

料理の座敷女中にしては地味な女で、浮いた話もないという。

「勘兵衛も、お峰は堅い女だと言ってたからまちげえねえだろう。……弥十の方はどうだい？」

隼人は弥十に目をやった。

「へい、あっしの方も、利助さんたちと同じでさァ。……ただ、ちょいと、気になることを耳にしやした」

「気になるとは？」

「蔦乃屋に出入りしている魚屋の親爺《おやじ》から聞いたんですがね。蔦乃屋は、強請《ゆす》られてたらしいと言うんでさァ」

「どういうことだ？」

「親爺は、勘兵衛が困り果てていたので、だいぶ、高い金を要求されてたんじゃァないかと言ってやしたぜ」

「相手は？」

隼人は、菊池たちを斬った武士と牢人ではないかと思った。

「それが、相手は町医者らしいと」

「町医者だと」

まったく予想外の相手である。

「へい、親爺も、蔦乃屋の廊下を通り過ぎるのをチラッと見ただけで、はっきりしねえようだが、町医者のような身装《みなり》だったそうでして」

頭を丸め、黄八丈の小袖に黒の絽羽織という格好だったという。

「ひとりか」

町医者に、脅されてもそう怖くはないだろう。あるいは武士か牢人がいっしょだったのではあるまいか。

「遊び人ふうの男が、いっしょだったそうで」

「遊び人ふうの男か……」

「へい」

「妙な雲行きになってきたな」

町医者と遊び人ふうの男も、今度の事件に一枚噛んでいるのだろうか。念のため、隼人は、利助と弥十たちに町医者と遊び人ふうの男を洗い出すよう指示した。

第二章　岡っ引きの死

1

隼人は、登太に髷を八丁堀ふうではなく御家人ふうに結い直してもらってから、羽織袴姿で八丁堀の組屋敷を出た。御家人か、小身の旗本に見えるだろう。

隼人は隠密同心だったので、探索の相手によって御家人ふうになったり、虚無僧《こむそう》に化けたり、ときには雲水《うんすい》などに変装することもあった。隼人の住む屋敷には、そうした変装道具も用意してあったのだ。

隼人は神田紺屋町にある小料理屋の豆菊に行くつもりだった。隼人が御家人ふうに変装したのは、豆菊に八丁堀ふうの格好で出入りしたくなかったからである。

豆菊は岡っ引きを引退した八吉《やきち》と女房のおとよがやっている店だった。利助は子のない八吉夫婦の養子に入ったのである。

小体なそば屋や飲み屋などがごてごてとつづく横丁の一角に、豆菊はあった。暖簾は出ていたが、まだ客はいないらしく店内はひっそりとしていた。

隼人が引き戸をあけて入って行くと、

「あら、旦那、いらっしゃい」

という女の声が奥から聞こえ、四十がらみの女が前だれで濡れた手を拭きながら出てきた。八吉の女房のおとよである。おとよは隼人の顔を見ると、満面に笑みを浮かべた。丸顔で目が細く、頰のふくれたお多福のような顔をしている。

おとよは、でっぷり太って樽《たる》のような体軀《たいく》をしていた。亭主の八吉に言わせると、若いころは美人で、おとよを目当てに店に通う男も多かったそうである。

「八吉はいるかい」

隼人は兼定を鞘《さや》ごと抜き、追い込みの座敷の框に腰を落とした。

「いますよ。すぐ呼んできますから」

おとよは、下駄を鳴らして奥へもどった。

おとよと入れ替わるように、八吉が姿を見せた。料理でも仕込んでいたらしく、片《かた》襷《だすき》に前だれ姿である。

「旦那、一杯やりやすかい」

八吉が相好《そうごう》をくずして言った。

八吉は猪首《いくび》でギョロリとした目をしていた。いかつい顔だが、目を細めると好々爺《こうこうや》のような表情になる。すでに、還暦にちかい歳で鬢や髷に白髪が交じり、顔の皺も目立つようになった。

「いや、茶をもらおう」

まだ、午前中だった。いまから、酔っているわけにはいかないのだ。

「およしに、淹《い》れさせやすから」

そう言い残して、八吉はいったん板場にもどり、およしに茶を頼んでから隼人のそばに腰を下ろした。

「利助と綾次は、出かけているのか」

隼人が店内に視線をまわして訊いた。

「へい、ふたりとも、はりきって朝から出かけていまさァ」

八吉はまた目を細めた。八吉夫婦は養子の利助を気に入っていて、利助の話になると笑顔を見せることが多い。

「菊池さんが、斬られたのは知ってるな」

隼人は声を低くして言った。当然、菊池が斬殺されたことは、利助の口から八吉に伝えられているはずである。

「へい」

八吉の顔から笑みが消えた。双眸に鋭いひかりが宿っている。腕利きの岡っ引きらしい顔である。

八吉は、引退する前まで「鉤縄《かぎなわ》の八吉」と呼ばれる凄腕の岡っ引きだった。八吉の遣う鉤縄は細引の先に熊手のような鉤がついていた。その鉤を下手人に投げ付けて着物にひっかけ、引き寄せて捕縛するのである。

「どうみる」

隼人が訊いた。八丁堀から豆菊まで足を運んできたのは、八吉の考えを聞くつもりもあったのだ。

「まだ、何とも。もうすこし様子が知れてこねえことには、どうも……」

八吉は首をひねった。

もっともである。まだ、情報がすくなすぎるのだ。

そのとき、おとよが茶道具を持って、ふたりのそばに来た。

「また、捕物の話ですか」

おとよは笑みを浮かべながら、急須で湯飲みに茶をついで、ふたりの膝先に置いた。

「まァな」

「うちのひと、この歳になっても、まだ足が洗えないんですから」

そう言って、おとよはチラッと八吉に目をやった。

「余計なことを言わねえで、おめえは、ひっこんでな」

八吉が仏頂面《ぶっちょうづら》をして言った。

「はい、はい」

おとよが、急いで隼人たちの前から引き下がった。

隼人はおとよの大きな背が、板場に消えるのを見てから、

「菊池さんと増吉を斬ったのは、御家人ふうの大柄な武士と牢人だが、心当たりはあるかい」

と、声をあらためて訊いた。

「利助からも聞きやしたが、まったくねえんで」

八吉は膝先の湯飲みに手を伸ばしが、口には運ばず、手にしたまま膝の上に置いた。

「蔦乃屋を町医者らしいのと、遊び人ふうの男が強請ってたらしいんだが、そっちはどうだい」

「心当たりはありやせんが、旦那、町医者らしいのを洗い出したらどうです」

八吉が身を乗り出すようにしてつづけた。

「御家人や牢人と言われても雲をつかむような話だが、町医者となりゃァ大勢はいねえ。それに、料理屋を強請るような悪《わる》なら、そう手間を取らずに嗅《か》ぎ出せるはずですぜ」

「いい読みだな」

隼人も、町医者らしい男をつきとめるのが、手っ取り早いと思った。

「旦那、利助と綾次に、町医者らしいやつを洗い出させやしょうか」

「そうしてくれ」

隼人は八吉がふたりに指図《さしず》すれば、無駄なく探り出せるだろうと踏んだのだ。

「さっさく、明日からでもやらせやすよ」

そう言って、八吉は茶をすすった。

「八吉、油断するなよ。こんどの下手人は、町方でも平気で命を狙ってくるぞ」

菊池と増吉が斬殺されたのも、町方の探索の手を摘みとるためではなかったのかと隼人はみていたのだ。

「ふたりによく言っておきやすよ」

八吉の顔が、いくぶんこわばっていた。八吉も尋常な相手ではないと思ったようだ。

それから、隼人は事件の経緯に沿ってひととおり話し、あらためて八吉の考えを聞いてから腰を上げた。

「また、寄らせてもらうぜ」

「お気をつけて。旦那も、菊池の旦那と同じように狙われるかもしれやせんぜ」

八吉が隼人を見つめて言った。

2

弥十と平助は、薬種問屋の土蔵の陰にいた。堀江町の表通りにある康来屋《こうらいや》という薬種問屋の土蔵の陰である。そこから、斜向かいにある松野屋の脇のくぐり戸を見張っていたのだ。

弥十は、松野屋の女中か下働きの男かをつかまえて話を訊くつもりだった。それというのも、殺された菊池が何をつかんでいたか知りたかったのである。

……菊池の旦那は、徳蔵殺しで何かつかんでいたにちげえねえ。

と、弥十はみていた。

そのことを知った下手人は、口封じのために菊池を殺ったのではあるまいか。とすれば、菊池がつかんでいたことが分かれば、下手人も見えてくるはずである。

弥十も菊池に指示されて、徳蔵殺しの探索に当たっていたが、徳蔵が殺された大川端近くの聞き込みにまわっていたので、菊池が何をつかんだのか知らされていなかったのだ。

「親分、だれも出て来やせんぜ」

平助が生欠伸《なまあくび》を噛み殺しながら言った。

弥十たちがこの場に身をひそめて、一刻（二時間）以上過ぎていた。平助は張り込みに飽きてきたのである。

「平助、御用聞きは辛抱《しんぼう》が大事《でえじ》よ。……なに、そろそろ出てくるはずだ」

弥十はこの場に張り込む前に近所をまわって、松野屋には通いの女中がふたり、下働きの老爺《ろうや》がひとりいて、三人は店舗の脇のくぐり戸から出入りしていることを聞いていたのだ。

陽は西の空にまわり、家並のむこうに沈みかけていた。いっときすれば、暮れ六ツ（午後六時）の鐘が鳴り、松野屋も店仕舞いするだろう。そうすれば、通いの者は店を出るはずだ。

それから小半刻（三十分）ほど経ったろうか。暮れ六ツの鐘が鳴り、松野屋が店仕舞いのために大戸をしめ始めたとき、くぐり戸があいて人影が出てきた。すこし腰のまがった老爺である。

「来たぜ、下働きの爺《じい》さんだ」

弥十は土蔵の陰から通りへ出た。慌てて平助がついてくる。

老爺は表通りを日本橋川の方へ歩いていく。すこし腰がまがっていたが、足取りはしっかりしていた。

弥十と平助は跡を尾けた、往来は人通りが多く、話を訊きづらかったのだ。しばらく歩くと、老爺は掘割沿いの道へ出た。寂しい通りになり、急に人影がすくなくなった。道沿いの店も大戸をしめている。

弥十と平助は、小走りになって老爺との間をつめた。

「ちょいと、待ってくれ」

弥十が後ろから声をかけた。

「おれのことかい」

老爺は足をとめて振り返った。皺の多い、猿《さる》のような顔をした男だった。

「そうだ。……ちょいと、訊きてえことがあってな。なに、歩きながらでいいんだ」

弥十は老爺と肩を並べて歩きだし、懐の巾着《きんちゃく》から波銭《なみせん》を摘《つま》み出して老爺の手に握らせてやった。

「ヘッへへ……。すまねえなァ」

老爺はだらしなく目尻を下げ、銭を袂《たもと》に落とした。

「爺さん、なんてえ名だい」

「茂助《もすけ》でさァ」

「松野屋で働いてるんだろう」

「へえ、もう二十年になりまさァ」

「長えな。それじゃァ、店のことはみんなお見通しだな」

「まァね」

茂助は目を細めてへらへらと笑った。黒ずんだ唇の間から、乱杭歯《らんぐいば》が覗いている。

「番頭の徳蔵が殺されたな」

弥十が、話を切り出した。

「へい、……親分さんかね」

茂助の顔に警戒の色が浮いた。

「そうだが、安心しな。おめえには何のかかわりもねえことだ。徳蔵が殺されたことで、八丁堀の旦那が店に調べに来たはずだが、おめえ知ってるかい」

「……知っていやす」

「それで、八丁堀の旦那は、何を訊いたんだい」

「あっしには、分からねえが……。お竹《たけ》さんは、勝次郎《かつじろう》さんのことをしつこく訊いていたと言ってたで」

茂助によると、お竹は松野屋の女中で、勝次郎は峰右衛門の長男だという。

「勝次郎な。いくつになる?」

弥十は勝次郎の名は聞いていたが、これまで特別関心をもったことはなかった。

「二十歳になるのかな」

茂助は首をひねった。はっきりしないようだ。

「どんな倅《せがれ》だい」

「へッへへ……。遊び好きでねえ。旦那に、よく叱られてやしたよ」

茂助が嘲《あざけ》るように言った。

「勝次郎だが、何か揉め事でも起こしたのかい」

菊池が訊いていたとなると、何かあったはずである。

「これも、お竹さんに聞いた話だが、悪い女にひっかかって、金を脅し取られたそうだよ」

「金を脅し取られただと」

弥十の頭に、蔦乃屋のことがよぎった。蔦乃屋も町医者と遊び人ふうの男に大金を強請られたのだ。

「強請ったのは、町医者じゃァねえのか」

弥十が訊いた。

「医者じゃァねえ。あっしは、廊下を歩いてるのを見やしたが、れっきとしたお武家と薄気味の悪い牢人でしたぜ」

「なに！　武家と牢人だと」

思わず、弥十が声を上げた。

……つながったぜ！

松野屋を強請ったという武士と牢人は、菊池と増吉を斬ったふたりにちがいない。

おそらく、菊池は松野屋が強請られていることを知り、武士と牢人を洗い出そうとしたのだ。それを知った武士と牢人は、菊池の口をふさぐために殺したのであろう。

「とっつァん、助かったぜ」

弥十は日本橋川に突き当たったところで、茂助と別れた。茂助の住む長屋は、小網町一丁目にあるという。

「親分、どうしやす」

平助が目を剝いて訊いた。平助も、松野屋を強請ったふたりが、菊池を斬った下手人らしいと分かったのである。

「すこし遅えが、長月の旦那の耳に入れておこうじゃァねえか」

弥十は、ともかく隼人に報《し》らせておこうと思った。

弥十と平助は、そのままの足で江戸橋を渡り、八丁堀へ出た。すでに辺りは暮色に染まり、町筋はひっそりしていた。人影もまばらである。


弥十たちの一町ほど後ろを歩いている男がいた。ふたりを尾けているようである。棒縞の着物を裾高に尻《しり》っ端《ぱし》折《よ》りした遊び人ふうの男だった。年格好は二十代半ばであろうか。浅黒い顔をした目付きの鋭い男で、巧みに物陰や表店の軒下闇をつたいながら、弥十たちの跡を尾けていく。

男は、弥十たちが茂助に話を訊いているときから尾けていたのだが、弥十たちはまったく気付いていなかった。

弥十たちは楓川《もみじ》にかかる海賊橋を渡って、坂本町へ出た。いっとき日本橋川沿いの通りを歩き、南茅場町《みなみかやばちょう》をたどって右手の路地へ入れば、隼人の住む組屋敷はすぐである。

尾行していた男は、弥十たちが右手の路地へまがったところで足をとめた。そして、口元に嘲るような嗤《わら》いを浮かべて弥十たちの消えた路地に目をやっていたが、きびすを返すと、跳ねるような足取りで来た道を引き返していった。

3

隼人は弥十から話を聞いた翌日、さっそく弥十を連れて堀江町の松野屋に足を運んだ。

松野屋の暖簾をくぐると、応対に出た番頭の富造に、

「あるじの峰右衛門に会いたい」

と、強い口調で言った。

「どのようなご用件で、ございましょうか」

富造は困惑したような顔をして訊いた。

「いいから、会わせろ。断るなら、番屋に来てもらうぞ」

隼人は高飛車に出た。脅しつけて、峰右衛門の口を割らせようと思っていたのである。

「お、お待ちください」

富造は慌てて奥へひっ込んだが、すぐに出て来て、

「ど、どうぞ、お上がりになってくださいまし」

と、震えを帯びた声で言った。隼人の態度から、ただの聞き込みではないと察したのだろう。

隼人と弥十が通されたのは、以前隼人が峰右衛門と話した坪庭の見える座敷だった。だれもいなかったが、座布団に座していっとき待つと、峰右衛門が慌てた様子で入ってきた。

「な、長月さま、お待たせして、もうしわけございません」

そう言って、峰右衛門は対座したが顔はこわばっていた。富造から話を聞いて、不安を覚えたのだろう。

「峰右衛門、ここにいるのは、殺された菊池さんに世話になっていた御用聞きだ。こっちは、ふたりも斬り殺されてるんだ。隠し立てするなら、それなりの覚悟をしろよ」

隼人は恫喝《どうかつ》するような強い口調で言った。

「は、はい……」

峰右衛門の肩先が小刻みに震えている。

「勝次郎という倅がいるな」

隼人が切り出した。

「…………！」

峰右衛門の顔に狼狽《ろうばい》の色が浮いた。

「勝次郎が女のことで、武士と牢人のふたりに脅された。それを菊池さんが調べていた。ちがうか」

「は、はい……」

「武士の名は？」

「ほ、堀江《ほりえ》さまとおっしゃいましたが、口から出任せかと……。ここが堀江町ですので」

「町名を口にしたのか。牢人は、どうだ」

「小舟さまと……」

「牢人は隣町か」

堀江町の隣町が小舟町である。ふたりとも、端《はな》から名乗るつもりはなかったのだろう。

「勝次郎が、かかわった女は？」

隼人は別のことを訊いた。

「おえいという名だそうです」

「事情を話してみろ。知らないなら、勝次郎を呼んでもらうぞ」

「いえ、勝次郎から話を聞いておりますので、てまえからもうしあげます」

そう言って、峰右衛門が話し始めた。

一月《ひとつき》ほど前、勝次郎は柳橋《やなぎばし》の料理屋で遊び仲間と飲んだ帰り、大川端を歩いていたという。

半町ほど前を女がひとり、歩いていた。後ろ姿だったが、小股の切れ上がったいい女だった。勝次郎は、夕暮れ時に女がひとりで歩いているのが気になった。それに、多少のすけべ心もあり、足を速めて女との間をつめた。

すると、女が何かにつまずいたように前によろけ、足元を押さえて屈み込んだ。

「姐《ねえ》さん、どうしやした」

勝次郎は女の後ろから声をかけた。

女が振り返り、

「下駄の鼻緒が切れてしまって」

と、涙声で言った。

歳のころは十八、九であろうか。色白のうりざね顔で切れ長の目、形のいいちいさな唇をしていた。美人である。

「ちょいと、貸してみなせえ。あっしが、なおしやしょう」

そう言って、勝次郎は女の下駄を手にすると、懐の手ぬぐいを取り出して細く割き、鼻緒を付け替えてやった。

女はひどく喜び、おえいと名乗った後、

「兄さんの名は？」

と、小声で訊いた。

「勝次郎でさァ」

「ねえ、勝次郎さん、助けてもらったお礼がしたいの。小網町にわたしの知っている小料理屋があるんだけど、つきあってくれない」

と、甘えるような声で言った。

「いいとも」

勝次郎はすぐに承知した。まだ、暮れ六ツ（午後六時）が過ぎたばかりだったし、粋な女と差し向かいで一杯やることを想像し、すっかり逆上《のぼ》せ上がっていたのだ。

それが、おえいとねんごろになるきっかけだった。その後、二度小料理屋で飲み、三度目におえいが柳橋の出合茶屋に誘ってきた。出合茶屋は、男女の密会につかわれる茶屋である。

勝次郎が出合茶屋で、おえいと肌を合わせているとき、突然座敷に大柄な武士が踏み込んできた。

武士は烈火のごとく怒り、

「間男は女もろとも四つに畳んで、たたっ斬っていいことになっている。ここで、おまえを真っ二つにしてやるから覚悟しろ」

と叫んで、刀の柄に手をかけた。

「お、お助けを！」

勝次郎は震えあがって掌《て》を合わせた。

「命が惜しいなら、相応の金を出してもらうぞ」

武士は、そう言って金を要求した。

峰右衛門は、そこまで話すと大きく溜め息をつき、放蕩《ほうとう》な倅ですが、親として助けてやらないわけにはいかなかったのです、とつぶやくように言って、肩を落とした。

「美人局《つつもたせ》だな」

よくある手口である。鼻を伸ばした勝次郎が、見事にひっかかったようだ。

「それで、いくら出せと言ってきたのだ」

「……八百両で、ございます」

峰右衛門が絞り出すような声で言った。

「八百両だと！」

思わず、隼人は声を上げた。それにしても八百両とは、大金を要求してきたものだ。

弥十も驚いたような顔をしている。

「いくらなんでも、八百両もの大金を出すわけにはいきません。それで、二十両だけ手渡し、これで引き取ってくれなければ、お上《かみ》に訴える、と言ったのです」

すると、武士は、八百両一度に出せとは言わぬ、次は百両ほどいただこう、とうそぶいたという。

「そして、三日後、大川端で番頭が殺され、百二十両の金が奪われたのです」

峰右衛門が怯えたような顔で言った。

「それで、どうした？」

「わたしは、すっかり怖くなりました。すぐに、番頭さんは、店に来た武士に斬られたと分かったからです」

そして、番頭が殺された三日後、今度は武士だけなく牢人もいっしょに来て、

「残りの六百六十両は、五日後に取りにくる。つまらないことを考えると、次はおま

えと倅を殺して六百六十両、いただくことになるぞ」

そう言って帰った。

峰右衛門はすっかり怖くなり、得意先や親戚筋を駆けまわって金を集め、武士に手渡したという。

「そういうことか。……ところで、菊池さんは、どうして武士が強請っていることに気付いたのだ」

「番頭さんが殺された事件で、事情を訊きにみえたおり、店の奉公人がそれらしい話をしているのを耳にされたのかもしれません」

峰右衛門の顔はまだこわばっていたが、ほっとしたような表情も浮いていた。隼人に話して、いくらか心のつかえが軽くなったのかもしれない。

「その後、武士は姿を見せてないのか」

「はい、金を渡してから一度も……。ただ、金を受け取った後、町方に話せば、わたしと倅の命はないと脅されたもので、言えませんでした」

そう言って、峰右衛門が隼人に頭を下げた。

隼人は、念のために勝次郎を呼んでもらい、ひととおり事情を訊いた。峰右衛門から聞いたこととほとんど変わりなかった。ただ、女が連れていった小網町の小料理屋は、「しのぶや」という屋号であることが知れた。

「勝次郎、これに懲りて、真面目《まじめ》に働くんだな」

隼人はそう言い置いて、腰を上げた。

4

戸口の掛け行灯《あんどん》に、しのぶや、と書いてあった。小体な店だが客はいるらしく、男の濁声《だみごえ》や哄笑《こうしよう》などが、かすかに洩《も》れてくる。

弥十と平助は、日本橋川の柳の樹陰に身を隠していた。そこは、しのぶやの斜向かいだった。そこから、ふたりはしのぶやに出入りする者を見張っていたのである。

弥十は隼人とともに、松野屋の峰右衛門と勝次郎から事情を聞き、しのぶやが強請《ゆすり》一味の塒《ねぐら》になっているのではないかと思い、見張ることにしたのだ。

暮れ六ツ（午後六時）前だった。日本橋川沿いの道は、まだ人通りがあった。ぼてふり、船頭、風呂敷包みを背負った店者《たなもの》、仕事帰りの大工などが、足早に通り過ぎていく。

弥十たちがその場に張り込んで一刻（二時間）以上経つが、強請一味と思われる者は、まだ姿を見せなかった。

「親分、腹がへりやしたね」

平助が情けないような顔をして言った。

「そうだな。どこかで、腹ごしらえでもしてくるか」

弥十は通りの左右に目をやった。めしの食えそうな店を探したらしい。

「荒布橋《あらめばし》のたもとに、一膳めし屋がありやしたぜ」

平助は、ここに来ながら見ておいたらしい。

荒布橋は、魚河岸近くの掘割にかかる橋で、弥十たちのひそんでいる場所から数町しか離れていなかった。

「よし、平助、おめえ、先に行って腹ごしらえをしてこい」

「親分は？」

「おれは、おめえがもどってくるまで、ここで見張っている。もどって来たら、交替すりゃァいい」

ふたり行ってしまったら、その間に一味の者があらわれても見逃すことになるのだ。

「それじゃァ、あっしが先にいかせていただきやす」

「腹一杯食ってこい」

そう言って、弥十は平助の背を見送った。

しばらくすると、陽が沈み、通り沿いの表店は大戸をしめて店仕舞いを始めた。樹陰や店の軒下などに夕闇が忍び寄り、人通りもまばらになってきた。

しのぶやには、船頭らしい男がふたりと仕事帰りの職人がひとり入っていったが、強請一味と思われるような男は姿を見せなかった。

辺りが静かになってきたせいか、弥十の背後を流れる日本橋川の流れの音が、しだいに大きく聞こえるようになってきた。

そのとき、弥十は川の流れの音のなかに、かすかな足音を聞いた。叢《くさむら》を踏むような音だった。通りを行き来する足音ではない。

弥十は音のする方に目をやった。川岸の柳の陰に人影が見えた。人影が動いている。樹陰や岸辺の葦の陰などに身を隠しながら近付いてくる。

物陰になって、はっきり見えないが、男は縞柄の着物を裾高に尻っ端折りしていた。町人であろう。浅黒い顔をし、目付きが鋭かった。松野屋の茂助から話を聞いたとき、弥十たちの跡を尾けていた男である。むろん、弥十は尾けられていたことは知らなかった。

……やろう、おれを狙っているのかもしれねえ。

弥十は直感的に思った。強請一味の遊び人ふうの男かもしれない。

……来るなら、こい！

と、弥十は思った。相手は町人ひとりである。弥十は懐の十手《じって》を取り出し、男が近付いてくるのを待った。

だが、このとき町人体の男の反対側から、牢人がひとり近付いてきた。増吉を斬殺した男である。牢人も樹陰や丈の高い雑草の陰に身を隠すようにして近付いてくる。

町人体の男は、十間ほどに近付くと、身を隠すことをやめて通りへ出た。男は弥十に目をむけて、嘲るような笑いを浮かべている。

「おれに、何か用かい」

弥十は、十手を手にしたまま通りへ出ると、道のなかほどに立っている町人体の男に近付いていった。

「用があるから、立ってるんだよ」

男が揶揄《やゆ》するように言った。

「てめえも、菊池の旦那たちを殺った一味だな」

弥十が男を睨《にら》むように見すえて言った。

「よく分かったな」

言いざま、男は懐から匕首《あいくち》を抜いた。淡い夕闇のなかで、獣の牙《きば》のように白くひかっている。

「やる気かい」

弥十が挑むように言った。

「おめえとやるのは、おれじゃァねえ。後ろの旦那だよ」

男が白い歯を見せて嘲笑《あざわら》った。

「なに！」

弥十が背後を振り返った。

牢人が間近に迫っていた。すでに抜刀し、素早い動きで身を寄せてくる。弥十は町人体の男に気を取られて、背後の牢人に気付かなかったのだ。

牢人は低い八相《はっそう》に構えていた。刀身が、夕闇のなかをすべるように迫ってくる。逃げる間はなかった。

「ちくしょう！」

弥十は十手を前に突き出すように構えた。顔が恐怖にゆがんでいる。

牢人は一気に斬撃の間境を踏み越え、刀身を一閃させた。

迅《はや》い！　八相の構えから横に払ったのだが、弥十の目には黒い人影が眼前に迫ってくるのが映っただけだろう。

咄嗟《とっさ》に、弥十が十手を前に突き出すのと、牢人が弥十の脇をすり抜けるのとが同時だった。

次の瞬間、弥十の首がかしぎ、首筋から血が赤い驟雨のように飛び散った。

弥十は血を撒きながら数瞬つっ立っていたが、腰からくずれるように転倒した。悲鳴も呻き声も聞こえなかった。淡い夕闇のなかで、首筋から流れ落ちる血の音が聞こえるだけである。

「旦那、もうひとり若《わけ》えのがいやしたぜ」

町人体の男がくぐもった声で言った。

「こいつの手先か」

「下っ引きでさァ」

「放っておけ。死体をかたづけるのに、残しておいてやれ」

牢人は薄笑いを浮かべながら倒れている弥十のそばに身をかがめ、切っ先の血を弥十の袖口でぬぐった。

「引き上げるぞ」

牢人は納刀して、歩きだした。

町人体の男は死んでいる弥十に目をやり、ざまあねえや、とつぶやくと、足早に牢人の後を追った。

牢人と遊び人ふうの男がその場を去り、いっときしてから平助がもどってきた。ひそんでいるはずの柳の樹陰に弥十の姿がない。

「親分、親分……」

平助は声を殺して弥十を呼んだ。

だが、弥十の返事はなかった。人のいる気配もなく、足元から日本橋川の流れの音が聞こえるだけである。

……跡を尾けていったのかな。

しのぶやから強請一味のだれかが出てきて、弥十が跡を尾けたのかもしれない、と平助は思った。

平助は通りへ出て、しのぶやの正面の方へ歩きかけた。ふいに、平助の足がとまった。土手際の叢のなかに横たわっている黒い人影を目にしたのだ。

平助は走り寄った。淡い夜陰のなかに、仰臥している男の顔が見えた。首が奇妙な格好に横を向いている。あいたままの口から白い歯が覗いていた。

「親分！」

平助はみじかい叫び声を上げ、凍りついたようにつっ立った。横たわっていたのは、変わり果てた弥十であった。

5

まだ、陽は東の空に上ったばかりだった。

日本橋川の岸際に、大勢の人垣ができていた。隼人、天野、平助、利助、綾次、それに日本橋、神田、本所《ほんじょ》、深川などを縄張りにしている岡っ引きや下っ引きたちである。すこし離れた路傍には、通りすがりの者や近所の住人たちが集まり、町方に目をむけていた。どの顔もこわばっている。

隼人は平助から弥十が殺されたことを聞くと、その夜のうちに現場に駆けつけたが、付近を簡単に調べただけで引き上げた。現場は深い夜陰にとざされており、どうにもならなかったのである。

そして、今日は早朝から現場に駆けつけ、あらためて検屍をするとともに、付近の探索を開始したのである。

「長月さん、一太刀で首を刎ねられてますよ」

天野が弥十の死体を見て言った。

「下手人は、増吉とお峰を斬った牢人だろう」

隼人は、昨夜弥十の首筋の傷を見たときから下手人は牢人だろうと踏んでいた。

そのとき、隼人の後ろにうなだれて立っていた平助が、

「お、おれが、めしなど食いにいってたから……。親分を見殺しにしちまった」

と、泣き声で言った。

平助の蒼《あお》ざめた顔を憔悴《しょうすい》の翳《かげ》がおおい、悲痛と後悔が色濃く刻まれていた。平助は昨夜一睡もせず、弥十の死体のそばから離れなかったのだ。

「おめえのせいじゃァねえ。下手人は、端から弥十の命を狙ってたにちげえねえ」

下手人は弥十の探索を封じるために殺したのだろう、と隼人はみていた。

「このままじゃァおかねえぞ。……親分の敵を討ってやる」

平助は、絞り出すような声で言った。

「何としても下手人を捕《と》らねえとな。菊池さんも、弥十も浮かばれねえ」

隼人の顔にも、無念さと憤怒《ふんぬ》の色があった。

「下手人の姿を見た者が、いるかもしれませんよ」

そう言って、天野が立ち上がり、近くにいた岡っ引きや下っ引きたちに、付近で聞き込みをするよう指示した。

現場に集まっていた男たちが、いっせいに散っていった。利助と綾次も、隼人に声をかけてからその場を離れた。

「おれは、しのぶやで訊いてみよう」

隼人は、遠回りせずに直接しのぶやに当たってみようと思った。

しのぶやは、暖簾が出ていなかった。戸口の格子戸もしまったままである。昨夜遅くまで店をひらいていたのだろう。住人は、まだ眠っているのかもしれない。

隼人は格子戸に手をかけた。心張《しんば》り棒《ぼう》はかってないらしく、すぐにあいた。土間の先に衝立《ついたて》で仕切った座敷があり、左手が板場になっていた。店のなかにはだれもいなかった。物音も話し声もせず、ひっそりとしている。

「だれかいねえかい」

隼人が声をかけた。

すると、衝立のある座敷の奥で、だれです、朝早くから、と女の声が聞こえた。

「八丁堀の者だ」

隼人がそう言うと、エッ、という驚きの声がし、慌てて身繕《みづくろ》いしているような物音が聞こえた。

いっときして、衝立のある座敷の奥の障子があいて、大年増が髷に手をやりながら出てきた。顔の大きな女で、頬や顎のあたりの肉がたるんでいる。太《ふと》り肉《じし》で腹や腰まわりが、どっしりとしていた。

「だ、旦那、昨夜のお調べですか」

女の顔に、驚きと怯えが入り交じったような表情があった。

「昨夜のことを知っているか」

隼人が訊いた。

「お客さんが、だれか殺されたようだって話してましたよ。……怖いから、表には出ませんでしたけどね」

「そのことでな、ちょいと訊きたいことがあるんだ」

隼人は兼定を鞘ごと抜いて、座敷の框に腰を下ろした。

「何でしょうか」

女が不安そうな顔をして訊いた。

「おえいという女を知っているな」

「おえいさん……。はて、だれだったか」

女は小首をかしげた。

隼人には、女が惚《とぼ》けているようにも見えなかった。

「松野屋の勝次郎といっしょに来た女だ」

「ああ、旦那、その女《ひと》、おえいじゃァなくて、お京《きよう》さんですよ」

女が隼人を上目遣いに見ながら、お京さん、別の名を使うことがあるからね、とつぶやいて、口元に薄笑いを浮かべた。

「お京か。それで、何をしている女だ」

「さァ、何をしてるのか……」

「お京と話したことはないのか」

「話したことはありますよ。でも、お京さん、自分のことはあまり話さないからね。……そうそう、お客さんから聞いたんだけど、男をくわえ込んで金を絞り取ってるってことですよ」

女が口元に下卑《げび》た笑いを浮かべた。

「お京には、情夫《いろ》がいるだろう」

騙《だま》した男から金を絞り取る役は、大柄な武士である。牢人も一役買っているかもしれない。

「あたしは、知りませんけど……」

女は首を横に振った。しらを切っている様子はなかった。

「大柄な武士が、いっしょに来たことはないか」

隼人は話を変えた。

「お侍ですか。来たことないですよ。……お京さんの情夫といえば、永次郎《えいじろう》さんぐらいかねえ」

「どんな男だ」

「苦み走ったいい男でね。歳は二十四、五かな。……鳶《とび》をやってたって聞いたけど、いまはお京さんの紐《ひも》で食ってるんじゃァないかね」

「紐か」

そのとき、隼人は蔦乃屋を脅した町医者と遊び人ふうの男のことを思い出した。そして、永次郎は、その遊び人ではあるまいか、と思った。

「永次郎だが、町医者といっしょにこの店に来たことはないか」

「町医者」

女は驚いたような顔をしたが、

「永次郎さんとじゃァなくてお京さんとなら、いっしょに来たことがありますよ。お京さん、医者までくわえ込んだのかと思って、驚いたんだから」

そう言うと、女は鼻先で嘲笑った。

「お京とも、つるんでたのかい」

隼人は、強請一味がおぼろげながら見えてきたような気がした。

五人である。大柄な武士、牢人、永次郎、町医者、それにお京である。いずれも一癖も二癖もありそうな連中らしい。その五人の悪党がつるんで、鴨《かも》から大金を強請り取っているのだろう。

「お京の塒を知っているか」

「両国橋の近くだと言ってたけど、ほんとかどうか」

女は、首をひねった。お京の言葉を、信用してないようである。

「永次郎はどうだ」

「若いころ、浅草の駒形町《こまがたちょう》に住んでたと聞いてますよ。いまは、どこにいるか、分かりませんね」

「駒形町か」

隼人は、駒形町から手繰《たぐ》れば、つきとめられるかもしれないと思った。

それから、隼人はあらためて町医者や大柄な武士のことなどを訊いたが、探索の役にたつような話は聞けなかった。

「邪魔したな」

隼人は格子戸をあけて外に出た。

目を射るような初秋の陽射しが満ちていた。江戸の町筋は明るいひかりに照らされている。ただ、隼人の気持ちは暗かった。菊池につづいて弥十まで殺されたのである。それに、隼人の胸の内には、これだけではすまないかもしれない、という危惧《きぐ》もあった。

6

……おれが、永次郎の坍をつきとめてやる。

平助は胸の内でつぶやきながら初秋の陽射しのなかを歩いていた。永次郎の坍をつきとめるために、駒形町に来ていたのである。

平助は強い陽射しも気にならなかった。親分の敵を討つためにも、何とか自分の手で永次郎の尻尾《しっぽ》をつかみたいと思っていたのだ。

平助は千住《せんじゅ》街道を北にむかい、浅草寺の手前を右手にまがった。正面に駒形堂がある。

……さて、どこから探るか。

平助は、闇雲に訊きまわっても埒《らち》が明かないだろうと思った。

まず、駒形町界隈《かいわい》の大工や鳶に訊いてみることにした。それというのも、永次郎は駒形町で鳶をしていたと聞いていたからである。

平助は駒形町の町筋をたどりながら、大工の棟梁《とうりょう》の家や普請場《ふしんば》などで、永次郎のことを聞いてみたが、収穫はなかった。そば屋で腹ごしらえして一休みしてから、また町筋を歩いた。

大川端沿いの道を歩いていると、商家らしい家屋を建てている普請場が目にはいった。平助は、鉋《かんな》を使って板を削っている大工に近寄り、

「ちょいと、訊きてえことがあるんだ」

そう言って、懐から十手を取り出して見せた。

四十がらみの大工は、鉋を使う手をとめ、

「手間を取らせねえでくれよ。いそがしいんでな」

そう言って、露骨に迷惑そうな顔をした。

「鳶をしてた永次郎ってやつを知ってるかい」

平助は単刀直入に訊いた。

「永次郎なら知ってるぜ」

大工はこともなげに言った。

「知ってるか！」

思わず、平助の声が大きくなった。

「ああ、四、五年前まで、いっしょにやってたからな」

「そいつはいい。……永次郎の塒はどこだい」

平助は勢い込んで訊いた。

「知らねえよ。いまは、駒形町にいねえからな。やろう、遊び人でな、女を誑《たぶら》かして、いっしょに姿を消しちまったのよ」

「そうか……」

平助はがっかりした。せっかくつかんだ糸が、手元で切れてしまったような気がした。

「駒形町にいたころの塒なら知ってるぜ」

「どこだい」

平助は、念のために訊いてみた。

「ここから、近《ちけ》えぜ。仁兵衛《じんべえ》店《だな》だ」

そう言って、大工は仁兵衛店までの道筋を教えてくれた。

「仕事の手をとめさせて、すまなかったな」

そう言い置いて、平助は普請場から離れた。

平助はともかく仁兵衛店に行って、話を訊いてみることにした。仁兵衛店は、すぐに分かった。大工が教えてくれたとおり、瀬戸物屋と足袋《たび》屋の間に長屋につづく路地木戸があった。

路地木戸を入った突き当たりに井戸があり、長屋の女房らしき女が三人、盥《たらい》を前にして洗濯をしていた。盥のなかにつっ込んだ手がとまったままなのを見ると、おしゃべりに気を取られているらしい。

「かみさん、ちょいと、訊きてえことがあるんだがな」

平助が、井戸端に足をとめて声をかけた。

「だれだい、おまえさん」

赤ら顔のでっぷり太った女が、訝《いぶか》しそうな目をむけた。他のふたりも、盥に手を突っ込んだまま上目遣いに平助を見ている。

「平助ってえ者《もん》だ」

そう言って、平助は懐に手をつっ込んで、十手をのぞかせた。

「お、親分さんかい」

赤ら顔の女が、喉《のど》のつまったような声で言った。三人の顔に、警戒と不安の色が浮いた。長屋の者を調べにきたと思ったのであろう。

「なに、むかしのことでな。この長屋に、永次郎ってえ、蔦がいたろう」

平助がそう言うと、女たちの顔が安堵《あんど》の表情に変わった。自分たちとはかかわりがないと分かったからであろう。

「いたよ。あたしら、あいつが長屋を出てってせいせいしてるんだ」

色の浅黒い、顎のとがった女が言った。どうやら、永次郎は長屋の女房連中に嫌われていたらしい。

「出てったのは、いつだい？」

「もう、四年は経つかね」

と、赤ら顔の女。

「永次郎は、独りで住んでたのかい」

「母親のおときさんが亡くなって、六年ほど経つかね。おときさんが生きているころは、永次郎もまともに働いてたんだけど、亡くなって独りになってから暮らしが荒れてね。あばずれとくっついて長屋を出ていったのさ」

赤ら顔の女が、しんみりした口調で言った。永次郎をかわいそうだと思ったのかもしれない。

あばずれはお京だろう、と平助は思った。

「ところで、永次郎だが、いま、どこで暮らしているか知らねえかい」

平助が声をあらためて訊いた。知りたいのは、永次郎の塒である。

「知らないねえ」

顎のとがった女がそう言って、盥につっ込んだ手をせかせかと動かし始めた。

「四年も経っちゃァ分からねえか」

平助がそう言ったとき、黙って聞いていた若い小柄な女が、

「あたしの亭主が、永次郎を見たっていってたよ」

と、口を挟んだ。

「どこで見たんだい？」

「田原町《たわらまち》の路地だって」

小柄な女によると、亭主はぼてふりで、田原町を売り歩いているとき、永次郎が懐手をしてニヤニヤしながら歩いてくるのを見たそうだ。

「田原町のどこだい」

田原町は東本願寺の東側にひろがる町で、一丁目から三丁目まである。路地と言われても、探しようがない。

「東本願寺の裏門のそばだと言ってたよ」

「裏門な」

平助は、賭場《とば》かもしれない、と思った。東本願寺の裏門近くに賭場があると聞いたことがあるのだ。永次郎がニヤニヤしながら歩いてきたのは、賭場で目が出た帰りだったのかもしれない。

「ところで、永次郎だが、顔に目印になるようなものはねえかな」

歳は二十四、五で、苦み走ったいい男と聞いていたが、それだけでは、顔を合わせても永次郎かどうか決め付けられないだろう。

「目印と言われてもねえ」

赤ら顔の女が、ふたりの女に目をやって言った。洗濯を始めた顎のとがった女も、盥のなかで手をとめている。

すると、顎のとがった女が、あ、そうだ、と声を上げ、

「永次郎の耳の下に黒子《ほくろ》があったよ。……このあたりだったね」

濡れた指先で、左の耳朶《みみたぶ》の下を差した。

「黒子か」

目立たないところだが、目印になる、と平助は思った。

「小豆粒《あずき》ほどの大きさだったよ」

「ありがてえ、何とか探し出せそうだ」

「親分さん、永次郎だけど、お上の世話になるようなことをしたのかい」

赤ら顔の女が訊いた。目に好奇の色がある。他のふたりも同じような目をして、平助を見ている。

「なに、ちょいと、訊きてえことがあるだけだ。……手間を取らせて悪かったな」

平助は女房連中に礼を言って、きびすを返した。

7

その日、平助は東本願寺の裏門から一町ほど離れた築地塀《ついじべい》の陰に身を隠していた。

そこから、斜向かいにある仕舞屋《しもたや》の脇の路地に目をやっていたのだ。その路地の先に、源蔵《げんぞう》という男が貸元《かしもと》をしている賭場があった。

平助は、浅草寺界隈を縄張りにしている地まわりから、賭場のある場所を聞き出したのである。

ここで、賭場に出入りするやつを見張っていれば、永次郎があらわれるはずだ、と平助は読んでいた。

この場に、平助が身を隠すようになって三日目だったが、まだ永次郎は姿をあらわさない。ただ、三日といっても、日没前後の一刻半（三時間）ほどだったので、それほど辛《つら》い張り込みでもなかった。

町筋は淡い暮色に染まっていた。暮れ六ツ（午後六時）の鐘が鳴って、小半刻（三十分）は経つだろうか。通り沿いの表店は店仕舞いし、辺りは閑寂《かんじゃく》として虫の音《ね》ばかりが聞こえていた。人影はほとんどない。ときおり飄客《ひょうかく》や夜鷹《よたか》らしい女が、通り過ぎて行くだけである。

仕舞屋の脇の路地もひっそりしていた。ときたま、商家の旦那らしい男、職人ふうの男、遊び人などが、ひとりふたりと出入りするだけだった。賭場の客であろう。

……今日も無駄骨か。

平助はそう思い、両手を上げて伸びをしたときだった。

路地から、ふたりの男が雪駄《せった》の音をちゃらちゃらひびかせながら表通りへ出てきた。ふたりとも、着物を裾高に尻っ端折りし、空《から》っ脛《ぱぎ》をあらわにしていた。一見して、遊び人と分かる男たちである。

ひとりは、浅黒い顔をした中背の男だった。もうひとりは、背が高く痩せていた。ふたりは何やらしゃべりながら、平助の方へ近付いてくる。

……やつかもしれねえ。

平助は浅黒い顔をした男に目をむけた。

歳の頃は二十代半ばである。面長で、なかなかの男前だった。平助が聞いていた永次郎の顔付きと合うのである。

ふたりは、平助のひそんでいる場所に近付いてきた。淡い暮色のなかに、面長の顔がしだいにはっきりしてくる。

……黒子がある！

中背の男が、平助の前を通ったとき、耳朶の下にある黒子が、かすかに識別できた。まちがいない。永次郎である。

……やっと、尻尾をつかんだぜ。

平助は、離れていく永次郎の背を睨むように見すえていた。

ふたりの背が、半町ほど遠ざかったとき、平助は通りへ出た。

平助は店仕舞いした表店の軒下や天水桶《てんすいおけ》の陰などに身を隠しながら、永次郎の跡を尾けていく。

永次郎たちは東本願寺の脇の道を南に向かい、真砂町《まさごちょう》まで来ると、永次郎だけ左手の路地へ入っていった。背の高い男はそのまま真っ直ぐ南へ歩いていく。

平助は左手にまがって永次郎の跡を尾けた。

永次郎は肩を振りながら、ぶらぶらと人影のない路地を歩いていく。永次郎はしばらく歩いたところで足をとめ、小体な仕舞屋に入っていった。そこは福川町で、小体な店や表長屋などがごてごてとつづいている通りだった。

平助は永次郎が入っていった家の脇に身を寄せた。古い借家ふうの家である。聞き耳を立てると、家のなかから床を踏むような音や障子をあける音などが聞こえてきた。話し声はしなかった。

……明日だな。

平助は胸の内でつぶやいて、家の脇から離れた。

ここが、永次郎の塒にちがいないと踏んだが、明日ここへ足を運んで確かめようと思った。通り沿いの家々は表戸をしめて、話を訊くこともできなかったからだ。

翌日、平助はふたたび福川町の路地に足を運んできた。思ったより賑やかで雑多な路地だった。米屋、酒屋、八百屋《やおや》、煮染屋《にしめや》、下駄屋などが軒をつらね、ぼてふり、行商人、長屋の女房などが行き交っている。路傍では子供たちが遊んでいたし、娘たちが小間物屋を覗いたりしていた。どこでも見かける江戸の裏路地である。

平助は、永次郎が入った仕舞屋近くの酒屋に立ち寄った。

「ごめんよ」

平助が声をかけると、前だれをかけた店の親爺らしき男が、愛想笑いを浮かべて近寄ってきた。客と思ったらしい。

「ちょいと、訊きてえことがあってな」

平助がそう言うと、とたんに親爺の顔から愛想笑いが消え、不機嫌そうな顔になった。客ではないと、分かったからであろう。

平助は、この手の男は袖の下でも使えば、ころりと変わる、と思ったが、何もせずに、

「この先に借家があるな」

と、訊いた。懐が寂しかったからである。借家と言ったのは、永次郎が家を買うはずはないとみたからだ。

「へえ……」

親爺は不機嫌そうな顔をして、横を向いてしまった。まともに、答える気はないようだ。

「おめえ、おれといっしょに番屋にでも行くかい」

平助は襟元《えりもと》をひろげて、懐に収めてある十手を見せた。すこし、脅してやろうと思

ったのである。

「お、親分さんで」

一瞬、親爺の顔から血の気が引き、すぐにひき攣《つ》ったような愛想笑いが浮いた。

「あ、ありやす、借家が」

親爺が声をつまらせて言った。脅しが利いたようである。

「若え男が住んでるようだが、なんてえ名だい」

平助は声を低くして訊いた。

「たしか、永次だったか、永次郎だったか……」

親爺は首をひねった。はっきり覚えていないらしい。

だが、平助は親爺の口から永次郎の名が出たので、永次郎だと確信できた。

「それで、永次郎だが、独りで暮らしてるのかい」

「ひとりのようで……。ただ、ときおり女が来てるようですがね」

親爺の口元に卑猥《ひわい》な笑いが浮いた。親爺の顔からこわばった表情が消えている。平助とのやり取りで、平静さを取りもどしたようだ。

「垢抜《あかぬ》けした、いい女じゃァねえのかい」

平助は、お京だろうと思った。

「ヘッヘヘ……。小股の切れ上がったてえのは、ああいう女かもしれねえ」

親爺は、だらしなく目尻を下げて顔一杯に笑いを浮かべた。

「他に、武家はこねえかい」

「お侍はこねえ」

親爺は笑いを消して言った。

「町医者はどうだい」

「そう言えば、頭を丸めた町医者らしいのと歩いてるのを見たことがありやすぜ」

「そうか」

蔦乃屋を強請った町医者らしい男もこの隠れ家に顔を出したようだ。

「親爺、邪魔したな」

平助はきびすを返して店から出ていった。それ以上、親爺から訊くこともなかったのである。

平助は福川町の町並を歩きながら、

……親分を斬った牢人の塒もつかんでやるぜ。

と、胸の内で叫んだ。

永次郎をたぐれば、牢人や大柄な武士の塒もつかめそうである。

第三章　隠れ家

1

八吉は銚子を取ると、隼人の猪口《ちょこ》に酒をついだ。

神田紺屋町にある豆菊の奥の小座敷である。八吉、利助、綾次、それに今夜は平助の姿もあった。

「旦那、まァ、一杯」

「八吉もやってくれ」

隼人は八吉の猪口にも酒をついでやった。

今夜は八吉も隼人といっしょに酒を飲んでいた。どういうわけか、今日は客がすくなく、常連客がふたりしか来なかったので、店をおとよにまかせ、八吉も小座敷に腰を据えたのである。

利助たち三人も酒を口にしたが、酒よりも料理の方に箸《はし》がいきがちで、酔うほどには飲まなかった。

「平助、よくやったな。これで五人のうちのひとり、永次郎の尻尾をつかんだわけだ」

隼人たちは、平助から永次郎の塒をつかんだまでの経緯《いきさつ》を聞いたのだ。

「で、旦那、どうしやす。永次郎を捕りやすか」

平助が訊いた。

「待て、永次郎は大事な駒だ。下手に使いたくねえ」

隼人は、永次郎を泳がせて、大柄な武士、牢人、町医者、お京の四人の塒をつかみたいと思った。それというのも、永次郎を捕縛すると、他の四人が姿を消すのではないかという懸念があったからだ。

五人のなかでも、大柄な武士と牢人のどちらかが頭格《かしら》だとみていた。それに、菊池と弥十たちを斬殺したふたりだけは、どんなことをしても捕縛したかったのだ。

隼人がそのことを話すと、

「あっしも永次郎を泳がせて、親分を斬った牢人の塒をつかみてえと思っていやした。何としても、親分の敵が討ちてえんで」

平助が声を強くして言った。

「よし、平助、おめえが永次郎を尾けてくれ」

隼人が言った。

「承知しやした」

「油断するなよ。いつも、やつらの目がひかっていると思った方がいいぞ。弥十の二の舞いにならねえようにな」

「へい」

平助は顔をひきしめてうなずいた。

「ところで、利助、何か知れたか」

隼人が利助と綾次に目をむけて訊いた。ふたりは、町医者の正体と塒を探っていたのである。

「それが、旦那、なかなかつかめねえんでさァ」

利助が肩をすぼめて言った。脇で、綾次もうなだれている。平助が永次郎の塒をつかんできたのに、自分たちは尻尾もつかめないので肩身が狭いようである。

「辛抱強くやれ。いずれ、尻尾を出す」

隼人がなぐさめるように言うと、

「でも、旦那、町医者の名は分かりやしたぜ」

と、利助が顔を上げて言った。

「なんてえ名だ」

「玄庵《げんあん》でさァ」

利助によると、日本橋　橘町《たちばなちょう》の千鳥橋《ちどりばし》のたもとにある浜崎屋《はまざきや》という料理屋で、蔦乃屋を強請ったと思われる町医者が、玄庵と名乗ったという。なお、千鳥橋は浜町堀にかかっていて、橘町と元浜町をむすんでいる。

「玄庵か」

隼人は覚えがなかった。

「それに、旦那、妙な雲行きになってきやしたぜ」

利助が、隼人と平助に目をやって言った。綾次も顔を上げて、ふたりに目をむけている。

「妙な雲行きとは？」

隼人が訊いた。

「浜崎屋も、玄庵と永次郎に強請られたらしいんでさァ」

「なに、浜崎屋もか？」

「へい、店のあるじの話じゃァ、店をつづけたかったら百両出せと脅されたそうなんで」

「何で脅されたのだ」

「それが、永次郎の女房が浜崎屋の料理を食って腹痛をおこし、死にそうになったそうでさァ。それで、薬代を出せと言ってきたらしいんで」

「永次郎には、女房がいるのか」

「女房になりすましたのは、お京のようでさァ。浜崎屋では、別の名を口にしたようですがね」

「それで、浜崎屋は金を払ったのか」

「へい、玄庵が蔦乃屋のお峰が殺されたことを口にしたので、怖くなっちまったようでさァ」

「うむ……」

大柄な武士たち五人は、松野屋と蔦乃屋の他にも手を出していたようである。

そのとき、隼人たちのやり取りに耳をかたむけていた八吉が、

「旦那、五人とも一筋縄じゃァいかねえ悪《わる》ですぜ。そいつら、これからも悪事をつづけそうだ」

と、顔をけわしくして言った。

「うむ……」

八吉の言うとおり、五人はけちな盗人《ぬすっと》一味や賭場の親分などとはちがう悪党のようである。それも、五人それぞれ役割があるようだ。

「あっしも、手伝わせてくだせえ」

八吉が隼人を見つめて言った。

「八吉が手伝ってくれりゃァ、ありがてえが、店の方はいいのかい」

隼人は、豆菊がやっていけるのか心配になった。

「なに、店の忙しいときは、板場に入りまさァ」

八吉がそう言うと、

「親分がいっしょなら、鬼に金棒だ！」

と、綾次が声を上げた。利助と平助も、頼もしそうな顔をして八吉に目をむけている。

「八吉、頼むぜ」

隼人が言った。

「へい」

八吉が目をひからせてうなずいた。岡っ引きのころと同じ、凄みのある顔に変わっている。

2

その日、隼人が八丁堀の組屋敷にもどったのは、六ツ半（午後七時）ごろだった。表の引き戸をあけて土間へ入ると、奥から慌ただしそうな足音が聞こえてきた。足音はふたり、おたえとおつたであろう。

「だ、旦那さま！　大変です」

おたえが、隼人と顔を合わせるなり言った。顔がこわばっている。

おたえの後ろから、顔を覗かせたおつたが、

「は、隼人、天野家の金之丞どのが……」

と、声をつまらせて言った。皺の多い梅干のような顔が赭黒く染まり、よけい梅干のように見える。

「金之丞がどうしたのだ？」

「き、斬られたのだよ」

「なに、斬られただと！」

隼人は驚いた。金之丞のことなどまったく念頭になかっただけに、驚きが強かった。

「道場の帰りに、襲われたらしいんです」

今度は、おたえが言った。

金之丞は、神田高砂町《たかさごちょう》にある直心影流の道場に通っていた。隼人も同じ直心影流だったこともあって、金之丞は隼人を敬愛し、剣術の教えを請うようなこともあった。

「それで、死んだのか」

「いえ、腕を怪我しただけのようです」

「そうか」

隼人はほっとした。命にかかわるような傷ではないらしい。

「で、でも、おまえ、菊池どのにつづいて、金之丞どのだろう。……今夜のように遅くなると、おまえも襲われたのではないかと心配で、心配で……」

おつたが、訴えるような目で隼人を見上げて言った。

「それより、母上、風邪の具合は？」

隼人が訊いた。今朝も、風邪気味だと言って、寝込んでいたのだ。

「だ、だいぶ、よくなってね。起きられるようになったんだよ」

おつたが、視線を揺らしながら言った。

「それはよかった。……ともかく、天野のところで、事情を訊いてみますよ」

そう言って、隼人は鞘ごと抜いた兼定を差しなおした。

気になったのは、金之丞がだれに斬られたかだった。喧嘩や辻斬りではないだろう。となると、菊池と増吉を斬った大柄な武士か牢人ということになりそうだ。ともかく、本人に訊いてみようと思い、隼人は町方同心の組屋敷のつづく通りを小走りに、天野家へむかった。

天野家の戸口から灯《ひ》が洩れていた。慌ただしそうに床板を踏む足音も聞こえる。

隼人は、表の引き戸をあけると、

「長月です、だれかおられますか」

と、奥に向かって声をかけた。

すぐに、奥から足音が聞こえ、天野が顔を出した。いつになく、顔がけわしい。

「金之丞が、怪我をしたと聞いてな。……どうだ、傷の具合は?」

「たいしたことはないようです。いま、手当てを終えたところでしてね。ともかく、上がってください」

天野は、隼人を居間に連れていった。

居間には、金之丞、隠居した父親の欽右衛門《きんえもん》、母親の貞江《さだえ》の三人が顔をそろえていた。金之丞は、左腕に分厚く晒《さらし》を巻いていた。他に傷はないようである。顔はこわばっていたが血色はいい。欽右衛門と貞江の顔は暗く、憂慮の翳《かげ》がおおっていた。どちらが怪我人か、分からないような顔をしている。

「な、長月どの、金之丞が大番屋の近くを歩いているとき、いきなり襲われてな。腕を斬られたのじゃ。相手は牢人者で、腕の立つ男のようだ」

欽右衛門が震えを帯びた声で言った。

どうやら、増吉を斬った牢人のようだ。場所は南茅場町であろう。大番屋は材木町にもあったが、金之丞が高砂町からの帰りに通るのは、南茅場町のはずである。

「長月どの、金之丞を襲ったのは、何者であろうな。菊池どのたちを襲ったのと同じ者であろうか」

欽右衛門が身を乗り出すようにして言いつのった。

天野と金之丞は困惑したような顔をして、欽右衛門の顔を見ている。欽右衛門も貞江も、話し好きでお節介焼きだった。ふたりとも人はいいのだが、おしゃべりに辟易《へきえき》させられるときもある。

「父上、長月さんには、訊きたいことがあるそうですよ」

天野が困ったように眉宇を寄せて言った。

「おお、そうか。長月どの、何でも訊いてくれ」

欽右衛門が身を乗り出してきた。

「されば」

隼人は苦笑いを浮かべて言った。訊きたい相手は、欽右衛門ではなく、金之丞である。

「金之丞、牢人が何者か知っているか」

隼人は牢人が何者なのか、はっきりさせようと思った。

「いえ、初めてみる男です。路傍の物陰から、いきなり斬りつけてきました」

「太刀筋を話してくれ」

相手の太刀筋から、増吉を斬った牢人であるかどうかはっきりするかもしれない。

「下段に構え、一気に間をつめてきました」

金之丞の顔はこわばってきた。そのどきのことが、よみがえってきたのだろう。

「それで」

「斬撃の間合に入るや否や、下段からやや刀身を上げて逆袈裟に斬り上げてきました」

牢人の切っ先は、首筋に伸びてきたという。

一瞬、金之丞は上体を倒すようにして牢人の切っ先を避《よ》けた。だが、間に合わず、左の二の腕を斬られた。

金之丞は、懸命に逃げた。牢人とやり合っても敵《かな》わないと思ったのだ。牢人は刀身を肩に担ぐような八相に構えて追ってきたが、金之丞の方が足が速かった。刀を構えたまま走ると、どうしても遅くなるのだ。

牢人との間がしだいにあき、前方に町方同心の住む組屋敷が迫ってきた。すると、牢人は足をとめ、反転して引き返したという。

「下段から、首筋を狙ってきたのだな」

「はい」

「やはり、増吉とお峰を斬殺した牢人のようだ」

まちがいない、と隼人は思った。

「長月どの、牢人者は、なにゆえ、金之丞の命を狙ったのであろうな」

また、欽右衛門が首をつっ込んできた。貞江も疑念と不安の入り交じったような顔をして、隼人に目をむけている。

「それは……」

隼人は言葉につまった。天野に揺さぶりをかけ、探索から手を引かせるためではないかと思ったが、それを話していいのか迷ったのである。

「長月さん」

脇から天野が声をかけた。

「おりいって、耳に入れておきたいことがありましてね。……すこし、歩きながら話しませんか」

天野の顔には憂慮の翳《かげ》があった。金之丞が襲われたことと関連して、隼人に何か話しておきたいことがあるらしい。

隼人と天野は、戸口から外に出た。深い夜陰につつまれていたが、頭上に月が輝いていて、八丁堀の町筋をほのかに照らし出していた。静かだった。路傍で虫がすずやかな鳴き声をひびかせている。

寝静まった八丁堀の通りを歩きながら、

「天野、どんな話だ」

と、隼人が切り出した。

「町方の動きがおかしいのです」

天野が小声で言った。

「おかしいとは?」

「加瀬さんは別なのですが、定廻りのなかに、探索に及び腰の者がいるようでしてね。

それに、手先たちが、ほとんど動いていないのです」

「どういうことだ？」

「実は、定廻りの者や手先たちが、うろんな牢人や武士に尾けられたり、屋敷を見張られたりしたようなのです。それで、菊池さんや増吉の二の舞いになるのではないかと恐れて……」

天野は言いにくそうに語尾を濁した。

「そうか。きゃつらが菊池さんと増吉を斬ったのは、町方を恐れさせて探索の手を引かせる狙いもあったのか」

八丁堀で菊池と増吉を斬ったのは、無残な死体を多くの町方同心に見せるためでもあったようだ。

「それに、金之丞が襲われて手傷を負ったことが他の同心や手先に知れたら、さらに二の足を踏むようになるでしょう」

「うむ……」

天野のいうとおりだった。

「かといって、金之丞が襲われたことを隠しておくわけにもいきません。すでに、近所に住む同心や家族が知ってますからね」

「無理だな」

すでに、おたえとおつたも知っていた。おそらく、組屋敷に出入りしている小者や岡っ引きの耳にも入っているだろう。

「早く、一味を捕るより手はないな。……なに、一味は五人だ。そのうちのひとり、永次郎の塒もつかんでいる」

隼人は、大柄な武士と牢人、それにお京と玄庵の名を口にした。

「さすが、長月さんだ。手が早い」

天野は驚いたような顔をして足をとめた。

「やつら、菊池さんを手にかけてるんだ。それも、おれたちの目の前でな。……やつらの兇刃を恐れて探索に尻込みしていたら、八丁堀の顔は立つまい」

隼人の声は怒りに昂っていた。五人の悪党に、八丁堀同心が虚仮《こけ》にされているように思えたのである。

「天野、やるしかないぞ」

「いかさま」

天野が鋭い目で夜陰を見すえながらうなずいた。

八吉は日本堤《にほんづつみ》を吉原《よしわら》にむかって歩いていた。日本堤は浅草山谷《さんや》から吉原へつづく土手である。

3

暮れ六ッ（午後六時）前だった。夕陽が広漠とした田畑の先に沈みかけていた。西の空には残照がひろがり、日本堤は夕陽の淡い鴇色《ときいろ》につつまれていた。

日本堤は吉原に登楼する客でにぎわっていた。堤の両側に葦簀《よしず》張りの水茶屋が並び、大店の旦那ふうの男、顔を隠すために編み笠をかぶった武士、客を乗せた駕籠《かご》、家紋の入った丸提灯をぶら下げて客を遊女へ案内する若い衆《し》などが歩いている。

八吉は通行人や水茶屋の間などに目をやりながら歩いていた。八吉は、浅草寺と日本堤を縄張りにしている熊蔵《くまぞう》という地まわりを探していたのだ。

八吉は玄庵の塒をつきとめようと思っていた。柳橋や浅草寺界隈の料理屋や料理茶屋などに当たったたが、玄庵の塒を知る者はいなかった。ただ、浅草寺の門前に位置する茶屋町の料理茶屋で聞き込んだとき、女将が、

「名は聞きませんでしたがね。町医者らしい男が来て、お吉《きち》さんに言い寄って手を焼いたことがありますよ」

と、顔をしかめて言った。お吉というのは浅草でも売れっ子の芸者だという。

それを聞いた八吉は、玄庵の道楽は、女かもしれねえ、と思ったのである。それというのも、大金をつかんだ悪党のやることといえば、まず、酒と女と博奕《ばくち》と相場が決まっていたのだ。玄庵は酒は飲むようだが、賭場に顔を出した様子はなかった。となると、女に金を使っていると見てもいいのではないか。

そこで、八吉は吉原から探ってみようと思ったのだ。

熊蔵は吉原のことにくわしかった。隠居する前、八吉は探索のために熊蔵に何度か会って情報を提供してもらったことがあった。そのかわり、仲間内の喧嘩や博奕などは見逃してやったのである。

ただ、ここ数年、熊蔵と会っていなかったので、いまでも日本堤をうろついているかどうか分からなかった。

吉原に出入りする大門《おおもん》の近くの衣紋坂《えもんざか》まで来たとき、ふいに背後から肩をたたかれた。振り返ると、赤ら顔で目のギョロリとした男が立っていた。熊蔵である。

「とっつァん、めずらしいじゃァねえか」

熊蔵はニヤニヤしながら身を寄せてきた。

何年か会わないうちに、熊蔵も相応に歳を取っていた。鬢や髷に白いものが目につく。ただ、脂ぎった肌やギラギラした目を見ると、まだ壮年の活力に満ちているようである。

「おめえに用があってな」

八吉が言った。

「隠居したと聞いてるぜ」

「ああ、隠居の身だが、鬼の旦那に頼まれたのよ」

鬼というのは、隼人のことだった。隼人は、鬼隼人、八丁堀の鬼などと呼ばれ、江戸市中の盗人、無宿者、博奕打ちなどから恐れられていた。それというのも、隼人は愛刀の兼定をふるって、抵抗する下手人を情け容赦なく斬殺したからである。

「鬼の旦那の世話にはなりたくねえな」

熊蔵が首をすくめて言った。

「訊きてえことがある。歩きながら話そうじゃァねえか」

そう言うと、八吉は懐から巾着を取り出し、一朱銀をつまみ出して熊蔵の手に握らせた。袖の下としては、大金だった。八吉は久し振りで熊蔵に会ったこともあって、奮発したのである。

「ヘッヘヘ……。すまねえなァ」

熊蔵は目尻を下げて跟《つ》いてきた。

八吉は日本堤を下谷《したや》の方へもどりながら、

「玄庵という男を知ってるか」

と、訊いた。

「なんだい、そいつは。坊主か」

熊蔵は、妙な名だと思ったようだ。

「町医者だよ」

八吉は隼人たちから訊いていた玄庵の風貌《ふうぼう》を話した。

「そいつなら、揚屋町《あげやまち》の辰吉屋《たつよしや》に何度か来たことがあるぜ」

吉原は中央の仲の町の通りを挟んでいくつかに区画され、それぞれ町名がついていた。揚屋町も、そのなかのひとつである。

「玄庵の塒を知っているか」

八吉が声をあらためて訊いた。

「おれも、そこまでは知らねえ。なんなら、やつが顔を見せたとき、訊いておいてやるぜ」

「玄庵が、吉原に顔を出すまで待てねえな」

いつ来るか知れない玄庵を待つわけにはいかなかった。

「辰吉屋に、重吉《じゅうきち》ってえ妓夫《ぎゅう》がいる。そいつに訊いてみちゃァどうだい」

熊蔵が振り返って言った。

妓夫は、遊女屋の門口《かどぐち》に置かれた妓夫台に座り、客の呼び込みをする男である。

「そうするか」

「おれが、重吉を連れてきてやるから、とっつァんは、衣紋坂辺りで待ってててくんねえ」

熊蔵はそう言うと、大門の方へもどっていった。なかなか親切である。袖の下の一朱が利いているらしい。

衣紋坂近くの路傍で、しばらく待つと、熊蔵が小太りの男を連れてもどってきた。重吉らしい。三十がらみ、毛虫眉の小鼻の張った男だった。

「連れてきたぜ」

熊蔵が言うと、

「重吉だが、おれに訊きてえことがあるそうだな」

重吉が八吉に探るような目をむけて訊いた。

「玄庵ってえ町医者のことでな」

八吉は重吉にも袖の下を渡した。ただし、波銭を何枚か手渡しただけである。

「そいつは、清乃《きよの》ってえ新造《しんぞう》を贔屓《ひいき》にしているやろうだよ」

新造は、花魁《おいらん》に付属する若い遊女である。

「知りてえのは、玄庵の塒なんだ」

八吉は、玄庵の遊女屋での様子など知りたくもなかった。

「塒と言われてもなァ」

重吉はいっとき首をひねっていたが、何か思い出したらしく、八吉に顔をむけて、

「そういゃァ、清乃に送り出されるとき、おれの家は花川戸町《はなかわどちょう》だ、駕籠を使うまでもねえって言ってたな」

「花川戸町か」

浅草寺の東の大川端にひろがる町で、吉原からは近い。

「長屋か、それとも借家かい」

「そこまでは、分からねえ。何なら、今度顔を見せたとき、訊いておいてやるぜ」

重吉が言った。

「いや、いい。あとは、こっちでやる」

下手に玄庵に訊くと、警戒して塒を変える恐れがあったのだ。それに、花川戸町と

絞れれば、何とか探し出せるはずである。

翌日から、八吉は利助と綾次の手も借りて、花川戸町を探った。町医者ふうの男が住む長屋か借家を虱潰《しらみつぶ》しに当たったのである。それほど難しい探索ではなかった。頭を丸めた町医者ふうの男は目立つし、そう多くはいないからだ。

花川戸町に三人で足を運んで三日目、利助がそれらしい借家をつきとめてきた。吾妻橋《あづまばし》に近い大川端に、坊主頭で町医者のような格好をしている男が借家に独りで住んでいるという。

……そいつだな。

八吉は確信した。

ただ、坊主頭で町医者のような格好をしているというだけでは、玄庵と決め付けられなかった。そこで、八吉は蔦乃屋に出入りしている魚屋の親爺に、銭を握らせて、顔を見てもらうことにした。親爺は、蔦乃屋にあらわれた玄庵を見ているのだ。

八吉は親爺とともに借家の戸口の見える路傍の樹陰に身をひそめて、住人の出て来るのを待った。

半刻（一時間）ほどしたとき、表の引き戸があいて、坊主頭の男が出てきた。黒の絽羽織に細縞の小袖姿だった。身装《みなり》は上物である。

「やつだ！」

親爺は、通りへ出てきた男を見て言った。

八吉は大川端沿いの道を遠ざかっていく玄庵の後ろ姿に目をやりながら、

……つかまえたぜ。

と、胸の内でつぶやいた。獲物を追う猟犬のような目をしている。

4

柳橋の大川端に、船田屋《ふなだや》という船宿があった。その二階の座敷に、五人の男女が集まっていた。御家人ふうの大柄な武士、総髪の牢人、永次郎、玄庵、それにお京である。

「沖山《おきやま》の旦那、もう一杯」

そう言って、お京が銚子で大柄な武士の杯に酒をついだ。

大柄な武士の名は沖山源十郎《げんじゅうろう》。五十石を喰《は》む御家人だが、非役である。沖山は若いころから飲み屋や岡場所などに入り浸り、賭場にも顔を出す無頼漢であった。潰れ御家人といっていい。ただ、剣は遣い手だった。

下谷練塀小路《ねりべいこうじ》に屋敷のあった沖山は、少年のころから神田松永町にある伊庭軍兵衛《いばぐんべえ》の心形刀流の道場に通い、剣の稽古だけは熱心につづけ門弟たちも驚くほど腕を上げた。そして、二十歳を過ぎたころには俊英と謳《うた》われるほどになったのである。

ところが、二十代半ばになって、伊庭道場をやめてしまった。遊蕩に溺《おぼ》れたこともあるが、剣では身を立てられないと感じ取ったのだ。道場を立てるだけの金はなかったし、いかに剣の腕を上げようと、非役のままで貧乏御家人から抜け出せないことが分かったのである。

「お京、蔦乃屋はうまくいったようだな」

沖山が杯を手にしたまま言った。

「お峰が首を刎ねられたことを知って、震え上がっちまったからね」

お京は伝法《でんぽう》な物言いをした。顔に似合わず、鉄火肌《てっかはだ》の女のようである。

そのとき、沖山の脇で飲んでいた牢人が、

「女を斬るのは好かぬ」

と、くぐもった声で言った。

細い目が燭台《しょくだい》の火を映して切っ先のようにひかっていた。総髪で額に前髪が垂れ、青白い表情のない顔をしている。酒はかなり飲んでいたが、顔色はまったく変わらなかった。身辺に、陰湿で酷薄な雰囲気がただよっている。

この男の名は、三谷左馬之助《みたにさまのすけ》。武州熊谷《くまがや》宿近くの郷士の倅だった。郷士といっても暮らしは百姓である。しかも、三谷は三男だった。

三谷は少年のころ、父の許しを得て熊谷宿のはずれにあった馬庭念流《まにわねんりゅう》の道場に通った。なんとか、剣で身をたてたいと思ったのである。

剣の天稟《てんぴん》があり、稽古も熱心だったので、師も驚くほどの上達を見せた。二十歳のころには、師範代にも三本のうち一本は打ち込めるほどになった。

ところが二十二歳のとき、人生が暗転した。兄弟子の諍いに巻き込まれ、土地のやくざの親分の倅を斬り殺してしまったのだ。

街道筋の宿場にある道場の門弟は、近隣の百姓や宿場の住人の子弟などが多く、なかには博奕打ちや無宿人なども交じっていた。三谷が巻き込まれたのは、そうした門弟たちが宿場の女郎屋で、土地の博奕打ちとおこした喧嘩だった。

三谷は親分の子分たちに命を狙われることになり、やむなく熊谷宿を離れたのである。

流浪の旅が始まった。三谷は中山道《なかせんどう》を旅しながら、町道場を破って金をせしめ、やくざの用心棒に雇われて喧嘩にくわわり、果ては旅人を斬って金を奪うことまでもした。そうした修羅場をくぐっているうちに、人を斬ることに痛痒《つうよう》を感じなくなり、剣を持たぬ町人、百姓でも平気で斬れるようになった。

また、下段から逆袈裟に斬り上げて首を刎ねる刀法は、多くの真剣勝負のなかで身につけた殺人剣である。首を斬れば、一太刀で確実に敵を仕留めることができるのだ。

ただ、女子供を斬るのは、あまり好まなかった。斬った後、男同士の斬り合いや喧嘩とはちがう空虚さを感じたからである。

「女を殺るときは、あっしがやりやしょう」

脇から永次郎が口を挟んだ。

顔は端整だが、細い目には蛇のようなひかりが宿っていた。酔いのせいもあるのか、唇が濡れて血を含んだように赤い。残忍な感じのする男である。

「ところで、町方の動きはどうです」

玄庵が訊いた。

酒の酔いで、顔が赭黒く染まっている。目鼻立ちの大きな、いかつい顔をしていた。その顔に似合わず。女のように細い声を出した。

玄庵は数年前まで東海道の品川宿近くに住んでいた馬医者だった。ところが、放蕩者で、馬医者としての報酬ではとても暮らしていけない。そこで、江戸市中に出て町医者を名乗って開業したが、あまり患者は集まらなかった。無理もない。薬を売り付けるばかりで、まともな治療はできなかったのである。

それでも、玄庵は金が入ると、料理屋や岡場所に出かけた。品川宿近くに住んでいたころの放蕩癖が抜けなかったのだ。

そのようなおり、小料理屋で知り合ったのが、永次郎だった。たまたま隣の席で飲んでいた永次郎が腹が痛いと言い出し、診《み》てやったのがきっかけである。もっとも、玄庵は、疝気《せんき》だと言って、いかがわしい薬を飲ませただけである。この時代、下腹部の痛みはすべて疝気と称したのだ。

その後、玄庵は沖山や三谷と知り合い、悪事を働くようになったのである。

「だいぶ、おとなしくなりやしたが、まだ、おれたちを捕らえようと躍起になっているやつはいやすぜ」

永次郎が口元に薄笑いを浮かべて言った。

「そいつは、だれだ?」

沖山が訊いた。

「あっしのみたところ、南町奉行所《みなみ》の長月と天野が、本腰を入れて探っているようでさァ。……ただ、三谷の旦那に、天野の弟を痛めつけてもらいやしたんで、天野の方はおとなしくなるかもしれやせん」

「長月という男は？」

三谷が永次郎に目をむけた。

「長月は腕が立ちやしてね。八丁堀の鬼とか鬼隼人とか呼ばれ、江戸の悪党連中はやつの名を聞いただけで怖《おぞ》けをふるいやすぜ」

永次郎がそう言うと、

「あたしも、長月のことは聞いたことがあるよ」

お京が後をつづけた。

「何でも、刀を遣って平気で斬り殺すそうだよ。それに、虚無僧や坊さんなどにも身を変えて、探りを入れるというからね。油断はできないよ」

「それに、長月は直心影流の遣い手だと聞いている」

沖山が言い添えた。

次に口をひらく者はなく、座は重苦しい沈黙につつまれた。座敷の隅にある燭台の火が、風に揺れ、五人の影を掻《か》き乱している。

「長月はおれが斬る」

ぼそり、と三谷が重いひびきのある声で言った。虚空《こくう》を見つめている双眸に、燭台の火が映じて赤く揺れている。

「おれも手を貸そう」

沖山が言った。

「いや、長月はおれがやる」

三谷の顔がかすかに赤みを帯びていた。悽愴《せいそう》さを感じさせる凄みがある。三谷はひとりの剣客として立ち合う気があるようだ。

「いいだろう」

沖山はそれ以上は口にせず、銚子を取ると、三谷の杯に酒をついだ。

5

「よし、永次郎を捕ろう」

隼人は、決断した。

この日、八吉は隼人が奉行所から帰るのを見計らって八丁堀の組屋敷に姿を見せ、玄庵の塒をつかんだことを報《し》らせたのである。

隼人は玄庵を捕るか永次郎かで迷ったが、永次郎を捕縛することに決めたのである。永次郎の方が、大柄な武士や牢人のことを知っているのではないかとみたからだ。隼人は、永次郎を捕らえて訊問《じんもん》し、大柄な武士と牢人の塒を吐かせようと思ったのである。

「玄庵はどうしやす？」

八吉が訊いた。

「しばらく、泳がせておこう。玄庵を尾ければ、大柄な武士や牢人の居所がつかめるかもしれん」

「それは、あっしらでやりやしょう」

八吉は利助と綾次の名を口にした。

「そうしてくれ。永次郎は、平助の手を借りよう」

永次郎の塒をつかんだのは、平助だった。隼人は平助に縄をかけさせてやろうと思ったのである。

「それじゃァ。あっしはこれで」

八吉がきびすを返すと、

「八吉」

隼人が呼びとめた。

「油断するなよ。やつらに、天野の弟の金之丞も狙われた。探っていることが知れたら命はないぞ」

「分かっていやす」

八吉はけわしい顔をして、旦那も、お気をつけて、と言い残し、表通りへ出ていった。すこし、背のまがった八吉の後ろ姿を淡い夜陰がつつんでいく。


翌日陽が沈むころになって、隼人は平助と庄助を連れて浅草福川町へむかった。永次郎を捕らえるためである。隼人は、辺りが薄暗くなってから永次郎を捕らえようと思っていた。近所の住人に捕物の様子を見られたくなかったし、永次郎の身柄をひそかに南茅場町の大番屋に運ばねばならなかったからだ。

福川町の町筋に入ると、辺りは薄暗くなってきた。陽が沈んで小半刻（三十分）ほど経っている。通り沿いの表店は店仕舞いし、行き交う人影もまばらだった。

「旦那、あの路地でさァ」

平助が細い裏路地を指差して言った。

見ると、小体な店や表長屋がごてごてとつづき、夕闇が路地をおおっていた。家並から洩れてくる灯《ひ》もなく、ひっそりとしている。

「あっしが、様子を見てきやす。旦那は、ここで待っていてくだせえ」

そう言い残し、平助は小走りに路地に入っていった。

隼人と庄助は、店仕舞いした瀬戸物屋の脇に身を隠すようにして、平助がもどってくるのを待った。

しばらく待つと、平助が駆けもどってきた。

「だ、旦那、いやすぜ」

平助が息を切らしながら言った。走りづめで来たらしい。

「ひとりか」

「まず、まちげえねえ」

平助によると、家のなかで物音がしたが、ひとりのようだったという。

「そろそろやるか」

隼人は頭上を見上げた。上空は群青色に変わり、星のまたたきも見えてきた。路地は濃い夕闇につつまれている。辺りは静寂につつまれ、路地に人影はない。

隼人たちは、平助の先導で路地に踏み込んだ。

「あれが、やつの塒でさァ」

平助が足をとめて指差した。

路地沿いに古い借家ふうの家屋が建っていた。だれかいるらしく、引き戸の隙間《すきま》から、かすかに灯が洩れている。

隼人が戸口に身を寄せて板戸を引くと、簡単に動いた。心張り棒はかってないようである。

「庄助、裏手にまわれ」

念のために、逃げ道をふさぐのである。

「へい」

すぐに、庄助が足音を忍ばせて裏手へまわった。

「行くぞ」

隼人は引き戸を音のしないようにすこしずつあけて隙間ができると、身をすべりこませた。平助がつづく。

土間は暗かった。それでも、ぼんやりとなかの様子は識別できた。土間の先が狭い板敷の間になっていた。その先は障子がしめてあり、座敷になっているらしかった。その座敷に、人のいる気配がなかった。おそらく、永次郎は、その先の座敷にいるのであろう。

隼人は框から板敷の間に上がった。平助も跟いてくる。すでに、平助は十手を取り出して握りしめていた。闇のなかで、平助の目が底びかりしている。

隼人は突き当たりの障子をそっとあけた。畳敷きの座敷があり、その先の障子が明らんでいた。人のいる気配があり、かすかに瀬戸物の触れ合うような音がした。永次郎が酒でも飲んでいるのかもしれない。

隼人は足音を忍ばせて座敷を横切った。そして、その先の障子をあけようとしたとき、ふいに男の声がした。

「だれでえ！　そこにいるのは」

声と同時に、立ち上がる気配がした。

隼人はすばやく抜刀し、障子をあけた。行灯の明りに、人影が浮かび上がった。尻っ端折りした着物の裾から、両脛があらわになっている。町人だった。永次郎らしい。酒を飲んでいたようだ。足元に貧乏徳利《どっくり》が立っている。

「てめえは、長月！」

叫びざま、永次郎が手にした湯飲みを投げ付けた。

咄嗟に、隼人は上体を前に倒して湯飲みをかわした。バシャ、という音がし、湯飲みが後ろの障子に当たって、なかの酒が飛び散った。

隼人は身をかがめるようにして前に走った。

永次郎が逃げようとして反転した。

「逃さぬ！」

隼人が、踏み込みざま刀身を峰に返して一閃させた。

グッ、という喉のつまったような呻き声を上げ、永次郎の上体が前にかしいだ。隼人の峰打ちが、永次郎の脇腹を強打したのである。

永次郎は前によろめき、腹を押さえてうずくまった。蟇《ひき》の鳴くような低い呻き声を洩らしている。

「平助、縄をかけろ」

隼人が声をかけた。

「観念しやがれ！」

平助がすばやく永次郎の手を後ろに取り、早縄をかけた。そして、声を出させないため、猿轡《さるぐつわ》をかませた。

永次郎を外に連れ出すと、庄助が駆け寄ってきた。家のなかの物音を聞いて、隼人たちが外に出たのが分かったらしい。

「帰るぞ」

これから町筋をたどって、八丁堀まで連れて行くのである。

隼人たち三人は人影のない裏路地や新道をたどったが、念のために永次郎に手ぬぐいで頬《ほ》っかむりさせて、猿轡を見えないようにした。大柄な武士や牢人に、しばらくの間、永次郎が捕らえられたことを知られたくなかったのである。

6

隼人は永次郎を南茅場町にある大番屋に連れていった。大番屋は調べ番屋とも呼ばれ、小伝馬町《こでんまちょう》の牢に送られる前に、被疑者を吟味する場所である。仮牢もあり、被疑者をしばらくとめおくことができる。

隼人は翌朝から、永次郎の吟味を始めた。吟味といっても、大柄な武士や牢人の居所を吐かせるため拷訊《ごうじん》になるだろう。通常、犯罪者の吟味は与力がやるが、これは仲間の居所を吐かせるためのものであった。

隼人は永次郎を調べの場に引き出した。隼人は一段高い座敷に座し、永次郎は土間に筵《むしろ》を敷いた上に座らされた。両手は後ろで縛られたままである。永次郎の背後には、青竹を握った平助が立っていた。

「永次郎、おれの名を知ってるかい」

隼人が切り出した。

「八丁堀の長月さまでしょう」

永次郎は視線を膝先に落としたまま小声で言った。

「おまえも聞いたことがあろうが、おれを八丁堀の鬼と呼ぶ者もいる」

「……………！」

「歯向かう悪党は、情け容赦なく斬り殺すからだ。吟味も同じだぜ。……口を割るまでは、どんなことでもやる。おれの拷問に、落ちなかった者はいねえ」

隼人は永次郎を見すえて言った。

「おれは、お上の世話になるようなことは、何もしてねえ」

永次郎はうそぶいたが、顔は紙のように蒼白《そうはく》だった。体も顫えている。

「おまえたちが何をやったか、すべて分かっている。いまさら白《しら》を切っても、痛い目を見るだけだ。おまえたちの仲間は五人だな。武士がふたり、町医者、女、それにおまえだ」

「……………！」

永次郎が驚愕に目を剝いた。そこまで、知られているとは思っていなかったのだろう。

「まず、訊く。大柄な武士の名は？」

「し、知らねえ」

永次郎が顔をゆがめて言った。

「しゃべる気には、なれねえか」

隼人がそう言うと、永次郎の後ろにいた平助が青竹を振り上げて、

「申し上げな。痛い目をみるだけだぞ」

と、責め立てるように言った。

「知らねえものはしゃべれねえ」

永次郎が顔を横にむけた。

「やろう！」

叫びざま、平助が青竹を永次郎の肩口に打ち下ろした。

ビシッ、という肌を打つ音がひびき、永次郎が呻き声を上げて身をのけぞらせた。

「待て、こいつは、そんな物でたたいても口を割らねえ」

隼人は、傍《かたわ》らに置いてあった兼定を手にして立ち上がった。

「永次郎、おれの拷問に耐えてみるかい」

隼人は永次郎の脇に立つと、ゆっくりと刀を抜いた。そして、座った尻の下から出ている永次郎の足裏に、いきなり切っ先を突き刺した。

ギャッ、という絶叫を上げて、永次郎が横にひっくり返った。横臥したまま激痛に身をよじっている。

隼人は横臥した永次郎の頬に切っ先を当て、

「今度は、頬に突き刺してみるかい。……なに、すぐには死にァしねえ。体中穴だらけにしてやるよ。おめえが、匕首で斬りかかってきたので、やむなく斬り合いになったとでも話しておけばすむことだ」

そう言って、頬に切っ先を当ててわずかに突き刺した。血が頬から迸《ほとばし》り出た。

永次郎は恐怖に顔をゆがめ、顔を動かさずに目だけをギョロギョロさせている。すこしでも動けば、頬が裂けるのだ。

「もう一度、訊くぜ。武士の名は？」

隼人は切っ先を引いて訊いた。

「申し上げな」

そう言って、平助が永次郎の肩をつかんで、身を起こした。永次郎の半顔が、赤い布でおおったように真っ赤に染まっている。

「お、沖山源十郎……」

永次郎が声を震わせて言った。

「沖山か」

聞き覚えはなかった。

「屋敷はどこだ？」

「……谷中《やなか》と聞いてやすが、あっしは行ったことはねえ」

永次郎の視線が揺れた。

隼人はごまかしているような気がしたが、もうひとりの牢人のことを訊いた。

「牢人の名は？」

「三谷左馬之助でさァ」

「塒は？」

「し、知らねえ。三谷の旦那は、ひとっ所にいねえんだ。武州から江戸に流れて来やして、家はねえんでさァ。寺のお堂や橋の下で寝るときもありやすし……」

永次郎は視線を膝先に落としたまま小声で言った。肩先が震えている。

隼人は、大金を手にした男が堂や橋の下で夜露を凌《しの》ぐはずはない、と思ったが、お京のことに話を移した。

「お京の塒は？」

「浅草寺界隈の長屋だと聞いていやす」

「浅草寺界隈な」

それだけで、つきとめるのはむずかしいだろう。永次郎はうまく言い逃れているようだ。沖山と三谷の名を口にしたのも、名だけでふたりを割り出すことはできないと踏んだからであろう。したたかな男である。

「永次郎、もう一度やりなおしだな」

隼人がけわしい顔でそう言うと、永次郎はハッとしたように顔を上げた。その顔が、恐怖でこわばっている。

「平助、永次郎の足を前に出させろ。もうすこし効き目があるようにしてやろう」

「へい」

平助が、永次郎の尻を筵に落とさせ、両足を前に出させた。

「今度は甲から突き刺す。痛えぜ」

隼人が刀身を振り上げた。

「ま、待ってくれ!」

永次郎が声を上げた。

「しゃ、しゃべる」

「端からそう言ってくれれば、痛え思いはしなくて済んだんだぜ」

「……………」

永次郎は肩を落とし、恨めしそうな顔をして隼人を見上げた。

「沖山の屋敷は？」

「下谷、練塀小路だと、聞いていやす」

　永次郎が小声で言った。

「三谷は塒は？」

「三谷の旦那の塒は、知らねえ。嘘じゃァねえ。聞いてねえんだ」

　永次郎が訴えるように言った。

「お京は？」

「行ったことはねえが、田原町の仙右衛門店《せんえもんだな》だと聞いていやす」

「うむ……」

　それだけ分かれば、沖山とお京の塒はつかめるだろう、隼人は思った。

　その日の訊問は、それだけにした。まず、沖山とお京の塒をつきとめるのだ。そうすれば、三谷を除いて一味を捕縛できるだろう。

　その日から、隼人は天野にも話し、何人も手先を下谷の練塀小路界隈と浅草田原町にむけた。三日かかって、沖山とお京の住処《すみか》をつきとめたが、ふたりともそこにはいなかった。

沖山は、小禄の御家人の屋敷に住んでいたらしいが、空き家だった。二年ほど前から家族ともども姿を消したという。もっとも、沖山に子供はなく妻女だけだったので、家族といってもふたりだけである。

一方、お京も仙右衛門長屋にはいなかった。一年ほど前に出たという。長屋の住人も、お京の行き先は知らなかった。

永次郎はふたりがいないことを承知の上で、隼人に話したらしい。

お京が長屋にいないと分かった翌朝、隼人は、もう一度永次郎を拷訊するつもりで大番屋に出向いたが、永次郎の口を割らせることはできなかった。その日の未明、永次郎は着ていた単衣《ひとえ》を切り裂き、紐状に捩《ねじ》って、仮牢の横板にかけて首を吊っていたのである。

永次郎が隼人に話したことは、自害するための時間稼ぎだったようだ。それに、隼人たちに無駄骨を折らせてやるという気もあったのだろう。

永次郎は隼人に捕らえられたときから、どう足掻《あが》こうと、斬首《ざんしゅ》の上に獄門晒首《さらしくび》になる身であることは分かっていたにちがいない。

隼人は永次郎の死体に目をやって、

……おめえのお蔭《かげ》でまわり道をしちまったが、こっちには、まだ手繰る糸があるんだぜ。

と、つぶやいた。

隼人たちは、玄庵の塒をつかんでいた。玄庵をたぐれば、沖山や三谷にもたどりつくはずである。

7

永次郎が自害した翌日、隼人は豆菊に足を運んだ。その後の様子を、八吉に訊くためである。

隼人は豆菊の奥の小座敷に腰を落ち着けると、おとよに酒を頼んでから八吉を呼んでもらった。

隼人は八吉が隼人の前に腰を下ろすのを待ってから、

「どうだ、八吉、玄庵は動かねえか」

と、切り出した。

「それが、借家からあまり出ねえんでさァ」

八吉によると、玄庵は近所の一膳めし屋にめしを食いに行く他は、ほとんど借家から出ないという。

「永次郎がつかまったことに気付いて、用心してるのかな」

「そうかもしれやせん」

「こうなったら、玄庵も捕らえて、吐かせるか」

下手をすると、玄庵が花川戸の借家から行方《ゆくえ》をくらますのではないか、と隼人は思ったのである。

「旦那、まだ、早《はえ》え。いま、あっしと利助と綾次の三人で交替し、一日中やつを見張っていやすから、きっと、尻尾を出しやすぜ」

八吉が言った。

「そうだな」

隼人も、何とか沖山と三谷を捕らえたかったのだ。

「旦那、もうすこし辛抱してくだせえ。きっと、沖山と三谷の埒をつかみやすぜ」

八吉が励ますように言った。

八吉は、隼人がまだ同心見習いのころから岡っ引きとして助けてきたのだ。八吉は隼人に対して、肉親のような気持ちをいだいていたのである。

「八吉、見張りも楽じゃァねえだろう。繁吉《しげきち》と浅次郎《あさじろう》も使うか」

繁吉は、隼人が手札を渡している岡っ引きで、浅次郎は下っ引きだった。繁吉はふだん深川今川町の船宿で船頭をしている。また、浅次郎は新米の下っ引きで、本所にある八百屋の倅だった。そのため、隼人は本所、深川方面で事件があったときだけ、繁吉と浅次郎を使うことにしていたのだ。

だが、一日中の張り込みとなると、八吉たち三人では荷が重いだろう。

「そうしてもらうと、ありがてえ」

八吉がほっとしたような顔をした。

「明日にも、繁吉に話しておこう」

これまでも、八吉たちは繁吉といっしょに探索に当たったことがあるので、お互い気心は知れているはずである。

その日、隼人は暮れ六ツ（午後六時）の鐘が鳴ってから豆菊を出た。すこし酔っていた。めずらしく、豆菊で杯を重ねたのである。

隼人は日本橋通りへ出て、南に足をむけた。八丁堀へ帰るつもりだった。日本橋通りは淡い暮色につつまれていたが、まだちらほら人影があった。居残りで遅くまで仕事をしていた職人や大工、行商人、飲みにでも行くらしい若い衆、箱屋を連れた芸者らしい女などである。

隼人の一町ほど後ろを尾けている男がいた。三谷だった。三谷は隼人が豆菊を出たときから、尾けていたのである。

三谷はここ数日の間に二度、八丁堀組屋敷から隼人の跡を尾け、隼人が豆菊を馴染みにしているらしいことをつかんでいたのだ。

三谷は隼人と立ち合う機会を狙っていた。人影のない通りへ出たら仕掛けるつもりでいたのだ。

隼人は日本橋を渡ると、左手の通りへまがった。その先が南茅場町である。大番屋の前を過ぎていっとき歩いたとき、隼人は背後から走り寄る足音を聞いた。

隼人は振り返った。牢人体の男が、左手で鍔元を押さえて走り寄ってくる。その姿に殺気があった。

……三谷だ！

隼人は察知した。尋常な男ではない。その姿に、獲物に迫る獣のような雰囲気があったのだ。

隼人は足をとめた。逃げる気はなかった。三谷はひとりのようなのだ。

三谷はおよそ四間の間合を取って足をとめた。総髪で面長。艶《つや》のない土気色の肌をし、生気のない顔をしていた。ただ、隼人を見すえた双眸は、切っ先のような鋭いひかりを放っている。

「三谷か」

隼人が問《と》い質《ただ》した。

「いかにも」

三谷は驚いたような顔をした。隼人に名を呼ばれるとは、思わなかったのだろう。

「ひとりで、仕掛けてくるとはいい度胸だな」

言いざま、隼人は兼定を抜いた。

「おぬしを斬るのに、助太刀《すけだち》はいらぬ」

三谷も抜刀した。

隼人は青眼に構え、切っ先を三谷の目線につけた。

対する三谷は下段に構えた。切っ先が地面に付くほど低い下段である。両肩を落とし、だらりと刀身を足元に落としている。その構えから、覇気や闘気が感じられない。表情のない顔で、ぬらり、と立っている。

……手練だ！

と、隼人は察知した。

隼人は背筋を冷たい物で撫《な》でられたような気がして身震いした。怯えではない。遣い手と対峙したときの武者震いである。

三谷が、爪先《つまさき》で地面を擦るようにして間合をつめてきた。ただ立っているだけのように見えるが、腰が揺れず、静かに滑るように迫ってくる。隼人は下から突き上げてくるような威圧を感じた。

だが、隼人は動かなかった。気を鎮めて、敵との間合を読んでいる。

ふいに、三谷の寄り身がとまった。一足一刀の間境の半歩手前である。絶妙な間積《まづ》もりだった。一歩踏み込んで斬り下ろしても、わずかに切っ先がとどかない間合である。

今度は隼人が動いた。趾《あしゆび》を這うようにさせて、ジリジリと間合をつめていく。

隼人の動きがとまった。一足一刀の間境の上である。これで、一歩踏み込めば、相手に切っ先がとどくのだ。

隼人は全身に気勢を込めて、気魄《きはく》で敵を攻めた。牢人も全身から痺《しび》れるような剣気《けんき》を放って、隼人を攻めている。

気の攻め合いだった。

数瞬が過ぎた。ふたりは、対峙したまま激しい剣気で攻め合った。潮合《しおあい》である。剣気の高まりが限界にきていた。

イヤアッ！

突如、三谷が裂帛《れっぱく》の気合を発した。

次の瞬間、ふたりの体が躍動し、閃光《せんこう》がはしった。

隼人が青眼から袈裟へ。

三谷が首筋を狙って下段から逆袈裟へ。

キーン、という甲高《かんだか》い金属音がひびき、青火が散って、ふたりの刀身が眼前ではじき合った。

次の瞬間、ふたりがほぼ同時に二の太刀をはなった。隼人は刀身を返しざま真っ向へ。三谷は横一文字に払った。一瞬の太刀捌きである。

ふたりは二の太刀をふるった瞬間、大きく背後に跳んで間合をとった。

隼人の二の腕に疼痛《とうつう》がはしり、着物が裂け、肌に血の線が浮いた。三谷の切っ先が左腕をとらえたのだ。

一方、三谷の右頰からも血が細い筋になって流れた。真っ向にふるった隼人の切っ先が、浅く斬り裂いたのである。

「互角か」

三谷が薄笑いを浮かべた。

生気のない顔に朱を刷き、細い唇が赤みを帯びていた。双眸が刺すようなひかりを放っている。

「行くぞ」

隼人はふたたび青眼に構えた。左手に痛みはあったが、自在に動く。浅く皮肉を裂かれただけのようである。

「そっ首、落としてくれる」

三谷が下段に構えなおした。

そのときだった。隼人の背後から、駆け寄る複数の足音がし、長月さん！という声が聞こえた。天野である。

隼人は後じさり、間合を取ってから背後に目をやると、天野が小者の与之助《よのすけ》とともに駆け寄ってくる。奉行所からの帰りかもしれない。

「長月、勝負、あずけたぞ」

言いざま、三谷は反転して駆けだした。

「待て！」

隼人は後を追ったが、三谷の背は離れていく。逃げ足の速い男である。

一町ほど走ったところで、隼人はあきらめて足をとめた。三谷の後ろ姿が、濃い暮色のなかに溶けるように消えていく。

「な、長月さん、あやつ、何者です?」

天野が走り寄って訊いた。喘《あえ》いでいる。天野も懸命に走ってきたようだ。

「やつが、三谷だ」

「長月さんを、襲ったのですか」

天野が驚いたように目を剝いた。

「やつら、探索から手を引かぬ者は容赦しないようだ」

「長月さんまで……」

「天野、油断するなよ。おまえも、狙うかもしれんぞ」

三谷か沖山が、天野にも兇刃をふるってくるのではないか、と隼人は思った。

第四章　反撃

1

「ち、血が！」

おたえが、隼人の二の腕を見て、叫び声を上げた。顔から血の気が引き、体が激しく顫えだした。戸口で出迎えたおたえは、傷を負った隼人の腕を見たのだ。

「でけえ声を出すな。かすり傷だ」

隼人は苦笑いを浮かべた。

そこへ、バタバタと足音をひびかせて、おつたが走り寄ってきた。おたえの悲鳴のような声を聞いたらしい。

「お、おたえ、うろたえてはなりませんぞ」

おつたが、目をつり上げて言った。声に甲高いひびきがある。梅干のような顔の皺がいくぶん伸びている。

「は、はい」

おたえがうなずいた。

「おい、たいした傷ではないのだ。擦りむいたようなものだよ」

隼人は困惑した。女ふたりに、大騒ぎされそうである。

「おたえ、すぐに傷の手当てをします。手桶に水を。それに、奥から晒と金創膏《きんそうこう》をここへ」

おつたが、てきぱきと指示した。隼人の血を見たせいではないだろうが、風邪で伏せっていたのが嘘のように元気をとりもどし、腰も伸びたようだ。

「はい、すぐに」

おたえは、奥へ走った。

「隼人、ここへ、腰をかけなさい」

おつたが、隼人に上がり框に腰を落とすよう指示した。久し振りで、母親らしい物言いをした。

隼人は苦笑いを浮かべながら、上がり框に腰を下ろした。ここは、おつたにまかせるしかないと思ったのだ。

おつたは、手際よかった。夫が隠密同心だったころから、こうした経験は積んでいたので、傷の手当てにも慣れていたのだ。

おつたは手早く傷口を手桶の水で洗った後、晒に金創膏を塗ってあてがい、晒で強く傷口をしばった。

「これで、大事ありますまい」

おつたが手桶の水で手を洗いながら言った。

「さすが、母上、手際がいい」

隼人はおつたをたててやった。

「こういうときは、慌てず、早く処置する事が大事ですぞ」

おつたは、おたえの方に顔をむけ、背筋を伸ばして言った。姑《しゅうとめ》の威厳を取り戻したようである。

「は、はい」

おたえが神妙な顔をしてうなずいた。

「さて、手当てもすんだことだし、めしにしてもらうかな。腹がへってな。よけい傷が痛むような気がする」

隼人がそう言うと、おたえはほっとした顔をし、

「すぐに、支度しますから」

と言って、手桶を持って奥へさがった。隼人の傷がたいしたことはないと分かって、安心したようである。

翌朝、隼人は奉行所には行かずに本所石原町《いしわらちょう》に足をむけた。石原町にある野上《のがみ》道場へ行くつもりだった。道場主の野上孫兵衛《まごべえ》は、隼人が直心影流の団野《だんの》道場に通っていたころの兄弟子であり、いまは歳の離れた兄のような存在であった。

団野道場の高弟だった野上は、十数年前、独立して石原町に町道場をひらいたのだ。野上は直心影流の達人であり、また他道場との親交もあって、江戸の剣壇にも明るかった。

隼人は野上に、沖山源十郎のことを訊いてみようと思ったのだ。沖山は剣の遣い手であり、下谷の練塀小路近くに住んでいたことも分かっていた。野上なら、沖山のことを知っているだろう。

「お頼みもうす。どなたか、おられぬか」

隼人は道場の戸口に立って声をかけた。すでに、門弟たちの稽古は終わっているようだったが、男の話し声が聞こえたのだ。

すぐに床を踏む音が聞こえ、清国新八郎《きよくにしんぱちろう》が姿を見せた。清国は野上道場の師範代である。

「長月どの、よくおいでくだされた」

清国は隼人の顔を見て相好をくずした。

隼人は清国とも、親しくしていたのである。

「野上どのは、おられるか」

「道場におられますよ。お師匠に、稽古をつけてもらっていたところです」

おそらく、門弟たちが帰った後、ふたりで直心影流の型稽古をしていたのだろう。

「お邪魔します」

隼人は道場に上がった。

「おお、長月、久し振りに稽古をする気になったか」

道場に端座していた野上が声をかけた。野上は稽古好きで、隼人が道場に顔を見せると、かならず稽古の話になるのだ。

野上は偉丈夫だった。手足が太く、胸が厚い。腰もどっしりと据わっている。すでに、五十代半ばで、鬢や髷には白髪も混じっていたが、覇気に満ち、まったく老いを感じさせなかった。日頃の稽古の賜物《たまもの》であろう。

「いや、稽古はまたにしますよ」

隼人は苦笑いを浮かべながら野上の前に座った。清国も野上の背後に膝を折った。

「実は、野上どのにお訊きしたいことがありましてね」

隼人が声をあらためて言った。

「また、捕物の話か」

「まァ、そうです」

「仕方あるまいな。おまえは、町方同心だからな。……それで、何が訊きたい」

「八丁堀の同心と小者が、斬られたことを聞いていますか」

「噂だけはな」

「下手人は、沖山源十郎と三谷左馬之助。ふたりの名を聞いた覚えは？」

「はて、覚えはないが……」

野上が小首をかしげた。清国も知らないらしく、首を横に振った。

「三谷は江戸に出て間もないようなので、ご存じないかと思いますが、沖山は御家人のようです。大柄で、剣の腕は立ちます」

「うむ……」

野上は記憶をたどるように視線を虚空にとめて考え込んでいたが、やっぱり分からんな、と小声で言った。

「沖山の屋敷は下谷の練塀小路のちかくです」

「練塀小路な……」

野上は、隼人に顔をむけ、あの男かもしれん、と声を大きくして言った。

「ご存じですか」

「松永町の伊庭道場の門弟だった男かもしれぬ」

「心形刀流ですか」

神田松永町に伊庭軍兵衛の心形刀流の道場がある。北辰一刀流《ほくしんいっとうりゅう》の玄武《げんぶ》館《かん》、神道無念流《しんとうむねんりゅう》の練兵館《れんぺいかん》、鏡新明智流《きょうしんめいちりゅう》の士学館《しがくかん》と並び、江戸の四大道場と称されるほどの大道場である。

「七、八年も前だが、伊庭道場に、若いが師範代にも後れをとらぬほど腕の立つ者がいると耳にしたことがある。その男が、練塀近くに住んでいると聞いた覚えがあるが……」

野上は語尾を濁した。はっきりとは覚えていないのだろう。

「沖山という名ではないのですか」

「はっきりせんが、そうだった気もする」

野上がそう言ったとき、黙って聞いていた清国が、

「沖山ですよ。わたしも、噂を聞いたことがあります」

と、口をはさんだ。

「沖山は、いま、どこに住んでいるかご存じですか」

隼人は野上と清国に顔をむけて訊いた。

「牢屋敷近くだと聞いたが……」

野上が自信なさそうに言うと、清国がつづけた。

「わたしも、そう聞いた覚えがありますよ。ただ、小伝馬町のどこかは分かりませんが」

「小伝馬町か」

隼人は、小伝馬町をくまなく当たれば、沖山の住処がつきとめられるだろうと踏んだ。

それから、隼人は野上道場や江戸の剣壇の様子などを話してから腰を上げた。

戸口まで見送りにきた野上が、

「長月、油断するなよ。沖山は遣い手のようだ」

と、顔をけわしくして言った。

野上は、隼人がいずれ沖山と立ち合うことになるかもしれない、と読んだようだ。

「承知しております」

隼人はちいさくうなずいた。隼人も、菊池を斬った沖山は自分の手で捕縛するか、抵抗すれば斬るつもりでいたのだ。

2

柳橋の船田屋の二階の座敷で、沖山、三谷、お京の三人が酒を飲んでいた。燭台の明りに浮かび上がった三人の顔には屈託の色があった。

「永次郎は、捕らえられたようだな」

沖山が渋い顔をして言った。

「大番屋で、首を吊った男がいるそうだよ。それが、永次郎さんじゃァないのかね」

お京が眉宇を寄せて言った。

お京は沖山や三谷たちと知り合う前まで、永次郎の情婦だったのだ。いまは、永次郎も仲間のひとりとして特別な感情はもっていなかったが、死んだと思うとやはり胸が痛むのだろう。

「ところで、永次郎だが、口を割ったかな」

沖山が三谷とお京に目をやって言った。

「あの男《ひと》は、しゃべらないよ。……首を吊ったのは、吐かないためさ」

と、お京。

「そうだな。永次郎が口を割っていれば、おれたちがこうして集まっているはずはないからな。いまごろ、町方に捕らえられて小伝馬町の牢のなかだろうよ」

そう言って、沖山が杯をかたむけた。

「玄庵は、どうした？」

三谷が杯を手にしたまま訊いた。三谷の頬には刀傷があった。出血はしていなかったが、傷口が赤くなっている。

「このところ、花川戸の塒に籠《こも》りっきりのようだよ」

お京は、数日前浅草寺の雷門の前で玄庵を知っている遊び人と顔を合わせ、玄庵が借家からほとんど外へ出ないことを聞いたのだ。

「町方に見張られているのか」

沖山が訊いた。

「そこまでは、知らないよ。……でも、用心してるんだろうね。今日も、ここには来ないようだからね」

沖山たち五人は、以前この店で会ったとき、次は十日後と決めてあったのだ。今後の強請の相談や町方の動きを知らせ合うためである。ところが、玄庵だけ姿を見せなかったのだ。

「町方は手を引かぬようだな」

沖山が苦々しい顔をした。

「どうする？……金はたんまりあるんだ。ほとぼりが冷めるまで、江戸を出て箱根の湯にでもつかってるかい」

お京が言った。

「四、五年は、江戸にもどって来られないぞ。それにな、おれたちを追っかけまわしているのは、そう多くはないのだ。長月と天野、それに何人かの手先だけだ。他に、本腰を入れて探っている者はおらん」

そう言うと、沖山は銚子を手にし、三谷の杯に酒をつぎながら、

「三谷、次はふたりでやるか」

と、訊いた。

「いや、おれひとりで、長月は斬る。……邪魔が入らなければ、長月を斬れていたのだ」

三谷は杯を手にしたまま目をひからせた。

「沖山の旦那、どうだろうね」

　お京が沖山に目をむけて言った。

「長月は三谷の旦那にまかせておいて、先に天野を殺っちまったら」

　お京の色白の肌が朱を刷いたように染まり、細い目が闇のなかの猫の日のようにひかっている。酒のせいばかりではないようだ。お京の胸の内で、業火が燃え盛っているのかもしれない。色っぽい顔に反して、お京は沖山や三谷にも負けぬ悪党なのである。

「そうだな」

「天野を殺れば、長月もおとなしくなるかもしれないよ」

「よし、天野はおれが斬ろう」

　沖山が語気を強くして言った。

「あたしにも、手伝わせておくれ。女でも、見張りぐらいはできるよ」

「そのときは、頼む」

　沖山が、お京も、塒にくすぶってるのは飽きるだろう、と言って、口元に薄笑いを浮かべた。

　それからいっとき三人は、手酌で杯をかたむけていたが、沖山が何か思いついたよ

うに顔を上げて、

「塒を変えた方がいいな」

と、お京に目をむけて言った。

「あたしもかい?」

「お京だけではない。おれも、玄庵もな。……そろそろ町方が、おれたちの塒を嗅ぎつけるかもしれん」

「三谷の旦那は?」

お京が訊いた。当の三谷は、黙って杯をかたむけている。

「三谷の塒は嗅ぎつけられまい。……江戸に長く住んでいるわけでもないし、知り合いも限られている。三谷だけは、手繰《たぐ》られないはずだ」

沖山とお京は、長年江戸で暮らしているので知り合いが多く、手繰られやすかった。また、玄庵は身装《みなり》も目立つし、町医者をしていた頃の患者も覚えているだろう。そうしたことから玄庵も、塒をつきとめられやすいはずである。

「でも、旦那、どこに身を隠しゃァいいんだい」

お京が不満そうな顔をした。

「三谷のところがいいだろう。それも、天野と長月を始末するまでの間だ」

沖山が三谷に顔をむけると、

「かまわん」

そう答えただけで、三谷は杯をかたむけている。

「お京、玄庵に知らせてくれるか」

「いいよ」

「ただ、迂《う》闊《かつ》に玄庵に近付くなよ。玄庵には、町方が張り付いてるかもしれないぞ」

沖山が声をあらためて言った。

「まさか……」

お京の顔がこわばった。

「それに気付いたから、玄庵は隠れ家に引き籠っているのかもしれん。……いずれにしろ、用心して近付け。下手をすると、永次郎の二の舞いになるぞ」

「わ、分かったよ」

お京が顔をこわばらせてうなずいた。

3

その日、隼人は平助を連れて、小伝馬町の町筋を歩いていた。沖山の仕処をつきとめようと思ったのである。

沖山が妻とふたりで長屋暮らしをしているはずはないので、借家だろうと思った。それも、粗末な家ではないはずだ。沖山は、これまで大金を手にしているはずなのだ。

隼人は御家人ふうの格好をしてきていた。沖山に八丁堀同心が近所で嗅ぎまわっていたことが知れれば、住処から姿を消すとみたのだ。

隼人は、牢屋敷の近くの稲荷の鳥居の前で足をとめて言った。

「平助、ここで分かれよう」

別々に聞き込んだ方が埒が明くと思ったのである。

「へい、それじゃァ、陽が沈むころに、ここにもどりやす」

そう言い残し、平助は足早に離れていった。

……さて、どこから探るか。

牢屋敷付近といっても、四方となればかなり広域になる。闇雲に訊きまわっても、無駄骨を折るだけだろう。

隼人は、大店が軒を連ねる表通りではないと踏んだ。それに沖山の住む借家となれば、商家ではなく仕舞屋のはずである。隼人は、表通りからはずれた借家のありそうな路地をまわることにした。

　まず、隼人は小伝馬上町からまわり始めた。沖山が立ち寄りそうな酒屋、一膳めし屋、そば屋、料理屋などをまわって訊いたが、それらしい家は見つからなかった。

　石町《こくちょう》の暮れ六ッ（午後六時）の鐘の音を聞いてから稲荷にもどると、鳥居の前に平助が待っていた。平助はげんなりした顔をしていた。収穫はなかったらしい。ふたりは、そのまま帰り、明日出直すことにした。

　翌日、隼人は小伝馬上町の隣町の亀井町をまわることにした。大店の多い表通りを避け、裏路地へ入った。そこは小体な八百屋、下駄屋、古着屋などが並ぶ通りで、人影もまばらだった。

　隼人は目についた八百屋に立ち寄った。店先に青菜、茄子《なす》、芋《いも》類、豆類などが並んでいる。

「旦那、ご用ですかい」

　奥の漬物樽のそばにいた親爺が、隼人を見て不安そうな顔をした。御家人ふうの武士が、突然入ってきたからである。

「手間を取らせてすまぬが、この辺りに沖山源十郎どのが住んでおられるはずなのだが、知っているかな」

　沖山は偽名を使っているかもしれない、と隼人は思ったが、そう訊くより他になかったのだ。

「さァ、知りませんね」

親爺は困惑したように顔をゆがめて言った。

「妻女とふたりで、越してきたのだがな」

「分かりませんねえ」

親爺は首をひねった。

「大柄な男でな。御家人ふうだ。借家に住んでいるはずなんだがな」

隼人がそう言うと、親爺が、ああ、と声を上げ、

「沖山というお方じゃァねえが、借家に越してきたお武家さまがいますよ。たしか、山田さまといったな」

「山田な」

隼人は、沖山が偽名を使ったのだろうと思った。当然、沖山の名を隠しているはずなのだ。

「妻女とふたり暮らしか」

隼人は念を押すように聞いた。

「それが、旦那、五年ほど前に、ご新造さんと越して来たんですがね。半年ほどでご

新造さんは亡くなっちまったんですよ。いまは、山田さま、独りで暮らしてますよ。ま、いろいろあるようですがね」

親爺は隼人が訊かないことまで、勝手にしゃべり出した。どうやら、話し好きな男らしい。

「山田どのの家は、どこかな」

ともかく、山田なる者が沖山かどうか確かめてみようと思った。

「この通りを一町ほど行くと、下駄屋がありやす。軒下に下駄の看板が下がってやすから、すぐに分かりまさァ。その下駄屋の脇の路地を入った突き当たりで、板塀をめぐらせた家でさァ」

親爺の言い方が、すこし乱暴になった。しゃべっているうちに地が出てきたのだろう。

「手間を取らせたな」

隼人は親爺に礼を言って、店を出た。

なるほど、下駄屋はすぐに分かった。店の脇に路地もあった。路地沿いには、小体な仕舞屋や長屋などが軒を連ねていたが、一町ほど行くと空き地や笹藪《ささやぶ》なども目立つようになってきた。人影のない寂しい路地である。

路地の突き当たりに、板塀をまわした仕舞屋があった。妾宅《しょうたく》ふうのこざっぱりした家である。

隼人は板塀に身を寄せて、家のなかの様子をうかがった。静かだった。物音も話し声もまったく聞こえてこない。

……だれもいないようだな。

人のいる気配も感じられなかった。

隼人は足音を忍ばせて、家の戸口に近付いてみた。表の板戸はしまったままである。隼人は引き戸に顔を寄せて聞き耳をたてた。やはり、物音も話し声も聞こえなかった。人のいる気配もない。

隼人は板戸に手をかけて引いたみた。簡単にあいた。敷居の先に狭い土間があり、その先に板敷の間がつづいていた。その奥に障子がたててあり、座敷になっているようだった。

隼人は上がり框から、板敷の間に上がった。家のなかを調べてみようと思ったのである。それというのも、人の住んでいる気配がないからだ。

板敷の間の先の障子をあけてみた。そこは居間らしい座敷だった。がらんとしていた。火鉢、古い小簞笥《こだんす》、行灯などがあったが、座敷の隅に片付けられている。

隼人はその先の障子もあけてみた。そこは寝間らしかった。衣桁《いこう》、長持ち、枕屛風《まくらびょうぶ》など置いてあった。枕屛風の陰にあるはずの夜具はなかった。衣桁に着物もかけてない。

隼人は急いで寝間を出ると、裏手の台所にもまわってみた。竈《へっつい》の脇に鍋や釜はあったが、最近火を焚《た》いた様子はなかった。

……逃げられた！

と、隼人は察知した。沖山は家を出て姿を消したのである。町方の探索を恐れてのことであろう。

隼人は家を出ると、念のために路地沿いにあった長屋を覗いて、井戸端にいた女房連中に訊いてみた。

すると、四十がらみのでっぷり太った女房が、

「山田さまなら、三日前に越しましたよ」

と、口にした。

さらに訊くと、山田は町人に大八車を引かせ、夜具や衣類を入れた柳行李《やなぎごうり》などを積んで家から出ていったという。

「行き先は分からぬか」

無駄だと思ったが、隼人は訊いてみた。

「さァ、分からないねえ」

四十がらみの女房が言うと、脇にいたもうひとりの女房も、どこへ行ったのかねえ、と首をひねった。

隼人は礼を言って、長屋から出た。

遅かったようである。沖山は隼人たちの手が間近に迫ったのを察知して、逸早《いちはや》く塒から姿を消したのだ。

……残るのは、玄庵か。

こうなったら玄庵を捕縛して口を割らせるしかない、と隼人は思った。

4

隼人が平助と牢屋敷近くに出かけた日、利助と綾次は、花川戸町の大川端にいた。桟橋につづく石段の陰から、斜向かいにある玄庵の住む借家を見張っていたのである。

さっきまで、西陽が石段を照らしていたが、いまは家並の向こうに沈み、石段は残照のほのかな明りにつつまれていた。

風のないおだやかな夕暮れ時で、大川の川面は残照を映して、淡い鴇色の波の襞《ひだ》を刻んでいた。そのひかりのなかを、客を乗せた猪牙舟《ちょきぶね》や荷を積んだ艀《はしけ》などがゆったりと行き来している。

「兄い、やろう、出て来やせんぜ」

綾次が生欠伸を噛み殺しながら言った。

利助と綾次が、繁吉と浅次郎から見張りを交替したのは昼頃だった。ふたりが、その場に身をひそめて二刻（四時間）以上経つ。途中交替して、近くのそば屋で腹ごしらえをしたり、厠《かわや》を使ったりしたが、若い綾次は張り込みに飽きてしまったようだ。

「今日も、無駄骨かも知れねえなァ」

利助も、うんざりした顔をしていた。こんな見張りより、聞き込みの方がましだと思っていたが、隼人や八吉から指示されたことをなおざりにして、この場から離れることはできなかったのだ。

利助が両腕を突き上げて大きく伸びをしたときだった。

突然、借家の表の引き戸があいて、玄庵が姿を見せた。いつもの黄八丈の小袖に黒羽織姿である。

「おい、出てきたぜ」

利助が綾次の肩をたたいた。

「また、樽吉《たるよし》でしょうよ」

綾次が間延びした声で言った。

樽吉は、二町ほど先にある一膳めし屋だった。玄庵はときおり陽の沈むころ、樽吉にめしを食いに出かけていたのである。

「ともかく、尾けるんだ」

利助は玄庵が半町ほど遠ざかってから通りに出た。

尾行は楽だった。大川端の通りは、仕事を終えた出職《でしよく》の職人、大工、ぼてふり、船頭、それに供連れの武士などが、行き交っていたからである。通行人の間を歩いていれば、玄庵が振り返っても不審をいだかれるようなことはないはずだ。

玄庵は川上にむかっていた。利助と綾次は、通行人にまぎれて尾けていく。玄庵は樽吉の前まで来ると足をとめ、通りの左右に目をやってから縄暖簾をくぐった。

「やっぱり、樽吉か」

利助は苦々しい顔で言った。

「兄い、どうしやす」

「どうするったって、出て来るのを待つよりねえだろう」

そう言って、利助は路傍の桜の幹の陰にまわった。樽吉の近くに、太い桜が三本枝葉を茂らせていた。その桜の陰に、利助たちは身を隠して玄庵が樽吉から出てくるのを待つことにした。

半刻（一時間）ほど過ぎた。まだ、玄庵は店から出てこない。もっとも、これまでも玄庵は酒を飲んでいて一刻（二時間）以上出てこないことも多かったので、利助たちは不審はいだかなかった。

辺りは夜陰につつまれ、樽吉の腰高障子が明るく浮かび上がっていた。なかからは男の濁声、哄笑、瀬戸物の触れ合う音などが聞こえてくる。この間にも、職人らしい男、大工、船頭などが頻繁に店に出入りしていた。

「兄い、女ですぜ」

綾次が、店に入っていく女の姿を目にとめて言った。島田髷の女で、黒襟の付いた地味な縞柄の小袖姿だった。町娘には見えなかった。飲み屋の酌婦か料理屋の女中といった感じである。

「店の小女かもしれねえなァ」

利助は気にもしなかった。ともかく、玄庵さえ見逃さなければ、見張り役の任務は果たせるのである。

さらに、一時刻（二時間）ほど経った。まだ、玄庵は出て来ない、辺りは深い夜陰につつまれ、頭上で星が降るようにひかり輝いている。

「兄い、玄庵は出て来やせんぜ」

綾次の顔に、不安と焦《あせ》りの色があった。

「妙だな」

利助もすこし遅すぎる気がした。これまで、玄庵はこんなに長く店にとどまったことはないのだ。

「ど、どうしやす」

綾次が声をつまらせて訊いた。

「店を覗いてみよう」

利助は桜の樹陰から通りに出た。綾次も顔をこわばらせてついてきた。

樽吉の腰高障子に近付くと、利助は障子の破れ目からなかを覗いてみた。なかは暗かったが、燭台の灯《ひ》に照らし出された男たちの姿が黒い影のように見えた。男たちは飯台のまわりに置かれた空き樽に腰をかけて、めしを食ったり酒を飲んだりしている。

「おい、玄庵の姿がねえぞ」

利助がうわずった声で言った。店内に玄庵らしき男の姿が見えなかったのだ。

「そ、そんなはずはねえ」

綾次が声を震わせて言った。

「入ってみるぜ」

利助は障子をあけた。

やはり、玄庵の姿はない。店内にいた男たちのなかに、利助と綾次に目をむけた者もいるが、多くは飲食と仲間との話に気をとられていた。

「あ、兄い、玄庵がいねえ！」

綾次が顔をゆがめた。

利助は、すぐに戸口近くで仲間と飲んでいた大工らしい男に近付き、

「ちょいと、お訊きしやすが、この店に町医者の玄庵先生はいませんでしたかね」

と、玄庵の名を出して訊いた。

「な、名は知らねえがよ。おれたちが来たとき、そこの隅で、町医者らしいのが飲んでたな」

男はかなり酔っていた。顔が熟柿《じゅくし》のようである。呂律《ろれつ》もよくまわらないようだ。

すると、仲間の別の男が、

「そいつなら、女といっしょに出てったぜ」

と、言い足した。頬骨の張った痩せた男だった。

「女と出ていっただと……」

利助の顔がこわばった。黒襟の付いた着物姿の女が、店に入っていったのを思い出したのだ。

「どこから、出ていったんだ」

利助は、玄庵と女が出て行く姿を見ていなかった。

「裏からだよ」

そう言って、痩せた男が背後を指差した。

利助は飯台の間をすり抜け、裏手へ行ってみた。飯台の並べられた土間の先に板場があり、脇に引き戸があった。そこが、裏口らしい。土間の隅を通れば裏口へまわることができる。

……逃げられた！

利助の顔から血の気が引いた。玄庵は見張られていることに気付いて、利助たちをまいたのである。

……女はだれだろう。

利助がそう思ったとき、お京の名が浮かんだ。玄庵の逃げる手引きをしたのは、お京かもしれない。

「あ、兄い、どうしやす」

綾次が、呆然《ぼうぜん》とつっ立っている利助に目をやって訊いた。

「玄庵の塒に行ってみよう」

いないだろう、と思ったが、利助はそうするより他になかったのだ。

利助と綾次は、夜陰のなかを走った。とにかく、玄庵が帰っているか確かめねばならない。

借家に近付いて様子をうかがったが、玄庵のいる気配はなかった。借家は深い夜陰につつまれ、ひっそりとしている。それでも利助は引き戸をあけ、なかに踏み込んで玄庵がもどっているか確かめた。もぬけの殻だった。

「どじを踏んじまったぜ」

利助が、くやしさに顔をしかめて言った。綾次も泣きだしそうな顔で、暗闇のなかにつっ立っている。

5

「玄庵が、逃げたか」

隼人が小声で言った。

隼人は登太に髷をあたらせていた。利助と綾次が八丁堀の組屋敷に来て、昨夜の顛《てん》末《まつ》を話したのである。

「旦那、あっしがどじを踏んだばっかりに、こんなことに……」

利助の顔を苦悶と屈辱の翳《かげ》がおおっていた。目が充血し、疲労の色も濃かった。昨夜は寝ていないのかもしれない。綾次も両肩を落としてうなだれていた。綾次の顔にも疲労困憊《こんぱい》の色がある。

「おめえたちのせいじゃァねえ。おれがもうすこし早く、手を打ちゃァよかったのだ」

隼人は、玄庵を捕らえるのが遅くなったことを後悔した。

「だがな、これで、終わったわけじゃァねえ。勝負はこれからだよ」

隼人は自分にも言い聞かせるように語気を強めた。

「……………」

「利助、綾次、探ってもらいてえところがある」

「どこです」

利助が顔を上げた。綾次も、顔をひきしめて隼人を見つめた。

「いま、話に出た樽吉だ。……お京らしき女が来て、玄庵と裏手から逃げたと言ったな」

「へい」

「となると、お京は、玄庵が樽吉に来てることも、裏手から出られることも知ってたんじゃァねえのかい」

「あっしもそう思いやす」

「お京は、何度か樽吉に来てたにちげえねえ。……樽吉の親爺か小女が、お京のことを知ってるだろう。それに、客もな。まず、樽吉に当たって、お京を探ってみろ。玄庵どころか、沖山や三谷の塒もつかめるかもしれねえぜ」

「分かりやした」

利助が顔をひきしめて言った。顔に朱を刷き、目がひかっている。綾次の顔からも落胆と疲労の色が消えていた。ふたりとも、やる気を取り戻したようである。

「八吉にも話しておいてくれ」

隼人が言い添えた。

「承知しやした。……ところで、繁吉兄ぃと浅次郎はどうしやす？」

「ふたりには、別に頼みてえことがある。顔を合わせたら、おれのところへ来るよう話してくんな」

「へい」

利助が頭を下げてからきびすを返すと、綾次も同じように頭を下げて、縁先から出ていった。

その足音が消えると、登太が隼人の肩にかけてあった手ぬぐいを取り、肩先をかるくたたいた。髪結いが終わったという合図である。

その日、隼人は南町奉行所へ出仕し、同心詰所で天野と会った。これまでの経緯を話し、天野からも探索の様子を聞いておこうと思ったのである。

隼人と天野は、他の同心からすこし離れた場所に腰を下ろすと、まず隼人から探索の様子をひととおり話し、

「そういうことで、玄庵にはまんまと逃げられたわけだ」

と、渋い声で言い添えた。

「その玄庵ですが、柳橋の大川端を大柄な武士と歩いていたのを見た者がいましてね。……柳橋の料理屋辺りで、五人は密会していたのではないかとみてるんです」

天野が言った。

「大柄な武士が沖山か」

「そうみてます」

「柳橋か。いい読みだな」

玄庵は浅草の花川戸、永次郎は浅草の福川町、沖山は牢屋敷に近い亀井町である。お京と三谷の隠れ家ははっきりしないが、密会するにはそれぞれ集まりやすい地であり、柳橋なら、料理屋、船宿などが多いので、集まっても目立たないはずだ。

「それで、もうすこし柳橋を洗ってみようと思ってるんです」

「そうしてくれ。おれは、お京の塒をつきとめよう」

「ところで、長月さん、三谷ですが、あのときは逃げましたが、あれで諦めたとは思えません。今後も、長月さんを狙ってくるのではないかとみているのですが」

天野が心配そうな顔で言った。

「気をつけよう。……天野もな」

隼人は、天野も同じように狙われているのではないかと思ったのだ。

「油断はしませんよ」

天野が顔をひきしめて言った。

その日、隼人は奉行所を出ると、神田松永町に足をのばし、心形刀流の伊庭道場に立ち寄り、古顔の門弟から沖山のことを訊いてみた。やはり、沖山は野上と清国が話していたとおりの男だった。

隼人は沖山を知っているふたりの門弟から話を聞いたが、ふたりとも沖山を嫌っているらしく、あまり話はしたがらなかった。

「ところで、沖山だが、身を隠すとしたらどこであろうか。おふたりに、何か心当たりはござらぬか」

隼人が訊いた。知りたかったのは、亀井町の借家を出た後の行き先である。

「さァ、まったく見当もつかぬが」

壮年の高弟が、木で鼻をくくったような物言いをした。もうひとりの門弟も、知らない、と答えた。

結局、何の収穫もなく、八丁堀にもどると、組屋敷の近くの路傍で繁吉と浅次郎が待っていた。利助たちに言われて、隼人に会いに来たらしい。

「縁先にまわってくれ」

隼人はふたりと縁先で会った。

夕陽が縁先を照らしていた。まだ、七ツ（午後四時）ごろである。庭木に雀《すずめ》がきてさえずっている。

「ふたりに頼みがある」

隼人が切りだした。

「沖山と三谷の目は、八丁堀にむけられているような気がするのだ。これまで、菊池さん、天野の弟の金之丞、それにおれ、三人とも八丁堀で襲われているからな」

探索や巡視に出た町方同心は、夕暮れどきに八丁堀に帰ることが多い、人影のすくない通りで待ち伏せれば、尾けまわすことなく狙えるのではないか、隼人はそう思ったのだ。

「それでな。ふたりに、見張ってもらいたいのだ」

隼人は、沖山か三谷が隼人と天野の命を狙ってくるとみていた。

「へい」

繁吉が低い声で応《こた》えた。

「見張る場所は、菊池さんが斬られた八丁堀川沿いの道と、金之丞とおれが襲われた大番屋の前の通りだ」

隼人は、八丁堀同心の帰宅を狙って仕掛けるなら、その道しかないとみていた。

「だが、長い時間張り込むことはない。七ッ半（午後五時）ごろから、陽が落ちて暗くなるまでの一刻（二時間）ほどでいいだろう」

仕掛けるなら、人通りのすくなくなった夕方のはずである。それに、繁吉たちも長時間の張り込みは辛いはずだ。

「いいか、沖山と三谷らしいやつを見かけても手を出すなよ。そのときの状況によって、跡を尾けるか、おれに知らせるかだ」

隼人が言い添えた。

「承知しやした。さっそく、今日から張り込みやしょう」

繁吉が言い、脇にひかえていた浅次郎がうなずいた。

6

天野は、小者の与之助と浅草を縄張りにしている岡っ引きの作五郎《さくごろう》を連れて柳橋の大川端を歩いていた。作五郎は天野が手札を渡している男である。

七ツ（午後四時）ごろであろうか。初秋の西陽が、大川の川面に映じてかがやいていた。その眩《まばゆ》いひかりのなかを、客を乗せた二艘《そう》の猪牙舟が、ゆっくりと溯《さかのぼ》っていく。吉原へ登楼する客であろうか。

「旦那、柳橋の料理屋に、沖山や三谷が来た様子はありませんぜ」

作五郎が天野の後をついてきながら言った。作五郎は三十代半ば、浅黒い肌をし、眼光の鋭い剽悍そうな男だった。

作五郎は午後から、三人の下っ引きを動員して柳橋の料亭を中心に聞き込みにまわったのだ。

「そうか。明日は、川沿いの船宿にあたってみるか」

天野が柳橋に狙いをつけて、聞き込みを始めてまだ二日目だった。

「へい」

作五郎は、また、明日、聞き込んでみやす、と言って、天野に頭を下げた。すぐ目の前に神田川にかかる柳橋が迫っていた。天野とは、橋のたもとで別れることになっていたのだ。

天野は与之助だけを連れて柳橋を渡り、賑やかな両国広小路へ出た。両国から日本橋の町筋をたどって江戸橋を渡り、八丁堀へ帰るのである。

天野たちふたりが、江戸橋を渡っているとき、石町の暮れ六ツの鐘が鳴った。まだ、辺りは明るかったが、物陰や表店の軒下などには、淡い夕闇が忍び寄っている。往来の人々も、迫り来る夕闇に急《せ》かされるように足早に通り過ぎていく。

そのとき、繁吉は南茅場町の大番屋から半町ほど離れた路傍の樹陰にいた。沖山と三谷が姿をあらわさないか見張っていたのである。

一方、下っ引きの浅次郎は、八丁堀川沿いで見張っていた。ふたりは分かれて、二か所で見張ることにしたのである。

……あの女、二度目だな。

繁吉は、日本橋の方から八丁堀の方へ歩いてくる年増を目にしたのだ。色白で、小股の切れ上がったいい女である。ただ、どこか蓮《はす》っ葉《ぱ》な感じがした。小料理屋の女将か料理屋の女中、それとも遊び人の情婦《いろ》であろうか。繁吉はふだん船宿の船頭をしていたので、客商売の女や情婦を見抜く目を持っていたのだ。

ただ、繁吉の目を引いたのは、女のくずれた色気のせいではない。二度も、足早に繁吉の前を通り過ぎたからだ。繁吉の脳裏をお京のことがかすめたのである。

繁吉は女が半町ほど遠ざかったところで、通りへ出た。女の跡を尾けてみようと思ったのだ。

繁吉は物陰や通りかかった男の背後などに身を隠して、巧みに女の跡を尾けた。

と、女が足をとめ、辺りに視線をまわしてから店仕舞いした表店の軒下に身を寄せた。すると、家の脇の天水桶の陰から人影がふたつ、女に近付いてきた。ふたりとも武士である。顔は見えなかったが、腰に刀を帯びていたので武士と分かったのである。

……沖山と三谷じゃァねえのか。

繁吉は、表店の軒下に身を寄せて目を凝らした。

ひとりは大柄な武士だった。もうひとりは総髪の牢人体である。

ふたりは沖山と三谷だった。この日、沖山は、天野を確実に仕留めるために、三谷の手を借りるつもりで同行してきたのだ。

……まちげえねえ。

繁吉は確信した。隼人から聞いていた沖山と三谷の体軀である。とすると、女はお京にちがいない。

そのとき、お京だけが軒下から通りに出て、日本橋の方を指差した。

通りの先に、ちいさく人影が見えた。ひとりは、八丁堀同心の格好をしていた。もうひとり、後ろを歩いているのは小者らしかった。

……天野の旦那だ！

遠方だったが、歩く姿から天野と分かったのである。

……こうしちゃァ、いられねえ。

沖山たちは、天野を狙っているのだ。しかも、沖山と三谷のふたりである。

繁吉は軒下から飛び出すと、八丁堀につづく細い路地に飛び込んだ。隼人の家へ行く近道だった。一刻も早く知らせねば、天野は斬られる。

繁吉は淡い夕闇につつまれた路地を懸命に走った。


そのとき、隼人は八丁堀の組屋敷に帰っていた。着替えを終え、小袖に角帯姿のくつろいだ格好で、おたえが淹れてくれた茶を飲んでいた。

戸口に走り寄る足音がし、旦那ァ！　旦那ァ！　と喘ぎ声とともに隼人を呼ぶ声がした。繁吉である。

隼人はすぐに居間の隅の刀掛けにあった兼定を手にして飛び出した。

「どうした、繁吉！」

「あ、天野の旦那が、沖山たちに！」

繁吉が声をつまらせて言った。

「どこだ！」

「お、大番屋の近くで」

「よし、行くぞ」

一声叫ぶなり、隼人は戸口から飛び出した。

そのとき、隼人たちのやり取りを耳にしたおたえが、戸口にあらわれ、

「旦那さま、どこへ行くのです！」

と、ひき攣《つ》った声を上げた。

「話は後だ！」

隼人は振り返りもしなかった。いまは、一瞬でも早く天野の元へ駆け付けねばならない。

八丁堀の町筋は暮色に染まっていた。灯の洩れている屋敷もあり、くぐもったような話し声が耳にとどいた。

隼人は懸命に同心の組屋敷のつづく通りを走った。

7

天野は足をとめた。店仕舞いした表店の軒下から、人影がひとつ通りへ出てきたのだ。大柄な武士だった。羽織袴姿で二刀を帯びている。

……沖山だ！

天野はすぐに分かった。

沖山は、天野の行く手をふさぐように道のなかほどに立った。

夕闇のなかで、底びかりする双眸が天野にそそがれている。異様な威圧があった。

大柄な体軀とあいまって、その身辺に獲物を見すえた猛獣のような雰囲気がただよっていたのである。

「旦那、後ろにもいやすぜ！」

与之助が、甲走った声を上げた。

見ると、牢人体の男がゆっくりとした足取りで近付いてくる。総髪で、大刀を一本落とし差しにしていた。

……三谷か！

天野は、沖山と三谷に待ち伏せされたことを察知した。

「だ、旦那、逃げやしょう」

与之助が声を震わせて言った。顔が蒼ざめている。与之助も、ふたりが菊池たちを斬殺した下手人であることが分かったらしい。

「逃げられぬ」

天野はすばやく通りの左右に目をやったが、逃げ込むような家も路地もなかった。沖山たちは逃げ場のないこの通りを選んで、挟み撃ちにしようと待ち伏せしていたにちがいない。

……戦うしかない。

天野は店仕舞いした店の軒下に身を寄せた。背後にまわられるのを防ごうとしたのである。与之助は恐怖に顔をゆがめ、身を顫わせながら店の大戸に背をつけた。

沖山と三谷はゆっくりとした足取りで、近付いてくる。三谷の口元に薄笑いが浮いていた。夕闇のなかで、細い唇が一片《ひとひら》の赤い花弁のように見えた。

天野は抜刀した。ここは、なんとか切り抜けるしか手はなかったのだ。

「与之助、呼子《よびこ》を吹け！」

天野は、沖山たちに襲撃されることも考え、与之助に呼子を持たせておいたのだ。

「へ、へい」

与之助は懐から呼子を取り出し、顎を突き出すようにして吹いた。

ピリピリ、と甲高い呼子の音が、辺りにひびいた。

「無駄だ。町方が駆けつける前に、おまえたちの首は落ちている」

沖山が天野の前に近付いてきて言った。

「手先は、おれが斬ろう」

そう言って、三谷が与之助に歩を寄せた。

与之助は、恐怖に顔をひき攣《つ》らせながらも必死に呼子を吹いた。その甲高い音には、悲鳴のようなひびきがあった。

沖山は三間半ほど間合をとって足をとめると、ゆっくりとした動作で抜刀した。その刀身が銀蛇のようにひかって弧を描き、切っ先を天野の目線にむけてピタリととまった。

隼人は走りながら、呼子の音を聞いた。すぐに、天野の小者の与之助が吹いていると気付いた。天野が沖山たちに襲われているのである。

隼人は懸命に走った。心ノ臓がふいごのように喘ぎ、喉がゼイゼイと鳴っている。繁吉も苦しそうだったが、走るのをやめなかった。

ふたりは細い路地から、表通りへ出た。大番屋のある通りである。

「だ、旦那、あそこ……」

繁吉が喘ぎ声とともに言った。

見ると、いくつかの人影が見えた。刀身が夕闇のなかで銀色《しろがねいろ》にひかっている。天野の姿が見えた。対峙している大柄な武士が沖山らしい。

もうひとり牢人体の男も識別できた。三谷であろう。

「繁吉！　おめえも、呼子を吹け」

隼人は呼子の音は、大番屋までとどくだろうと思った。

大番屋には、番人の他に岡っ引きもいるかもしれない。いずれにしろ、呼子の音を聞けば、何人かは駆け付けるはずである。

「へ、へい」

繁吉が足をとめ、上空に呼子をむけて吹いた。

甲高い呼子の音が、二度、三度と大気を引き裂くように鳴りひびいた。

隼人は走った。その足音に気付いたのか、天野に切っ先をむけていた沖山が振り返った。三谷も気付いたようである。


「おい、長月だぞ」

沖山が三谷に声をかけた。

「ひとりのようだな」

三谷も走り寄る隼人に目をむけた。

「どうする？」

「ちょうどいいではないか、おれが長月を斬る」

三谷は与之助にむけていた切っ先を引くと、隼人の方に体をむけた。

与之助は血の気のない顔をし、表店の大戸に背を張り付けるようにして激しく身を震わせている。

三谷は与之助のことなど念頭にないらしく、ゆっくりとした歩調で隼人に近付いてきた。隼人を見つめた双眸が炯々《けいけい》とひかり、薄い唇が血のような赤みを帯びている。

隼人は三谷と五間ほどの間合を取って足をとめた。大きく間合を取ったのは、乱れた呼吸をととのえるためである。

三谷は、三間半ほどに間を寄せてから足をとめた。

「長月、勝負を決しようぞ！」

言いざま、三谷は下段に構えた。

切っ先が地面につくほど低い下段である。両肩を落とし、ぬらり、と立っている。以前対戦したときと同じ構えである。

「望むところだ」

隼人は青眼に構えた。

切っ先を三谷の目線につけると、足裏を擦るようにして隼人の方から間合をつめ始めた。

……一気に勝負を決しなければ、天野があやうい。

と、隼人は踏んだのだ。

天野は沖山に太刀打ちできないだろう。隼人の勝負が長引けば、天野を助けることはできないのだ。

隼人は、ジリジリと三谷との間合をつめていく。対する三谷は動かなかった。刀身を足元に垂らしたまま隼人の動きを見つめている。

とそのとき、隼人の背後に近付いてきた繁吉が、

「旦那、来やした！」

と、大声を上げた。

遠方で、何人かの怒鳴り声と呼子の音が聞こえた。あそこだ！　斬り合ってるぞ、呼子を吹け！　などという叫び声が聞こえた。
七、八人いた。大番屋から駆け付けたらしい。
怒鳴り声や呼子につづいて、足音も聞こえてきた。そうした音が、しだいに近付いてくる。

隼人は後じさりし、三谷との間合を取ってから目をやると、男たちは六尺棒、突棒《つくぼう》、袖搦《そでがらみ》などの捕具《とりぐ》を手にしていた。大番屋に用意してある長柄《ながえ》の捕具を手にして駆け付けたらしい。

「長月、運のいい男だな」

三谷は吐き捨てるように言うと、沖山に声をかけてから反転して駆けだした。

隼人は三谷の後を追わず、天野のそばに駆け寄った。沖山は三谷を追って駆けだし、天野の前にはいなかった。

「天野、やられたのか」

天野の着物の肩先が裂け、かすかに血の色があった。

「いや、かすり傷だ」

天野が苦笑いを浮かべながら言った。出血は多かったが、浅く皮肉を裂かれただけらしい。

「それにしても、あやうかったな。沖山と三谷のふたりで、仕掛けてくるとは思わなかったよ」

「長月さんが、駆け付けてくれなかったら、いまごろ菊池さんの二の舞いですよ」

「繁吉が、知らせてくれたのでな」

隼人がそう言うと、繁吉の顔に得意そうな表情が浮いた。

そこへ、ばらばらと男たちが駆け寄ってきた。大番屋の番人のほかに顔見知りの岡っ引きと下っ引きの顔があった。呼子の音を聞いて駆け付けたらしい。どの顔も興奮し、熱《いき》り立《た》っていた。逃げた沖山たちを追おうとしている者もいる。

「下手に追うと、命はないぞ。逃げたふたりは剣の腕が立つ」

隼人がいさめるように言うと、駆け付けた男たちも追うのは諦めたようだ。

このとき、お京は隼人たちから数町も離れた路傍で、三谷と沖山が来るのを待っていた。お京は遠方に大勢の男たちの姿が見えたとき、身を隠して戦いの様子を見ていた場所から逃げ出していたのである。

「邪魔が入ったようだね」

お京が歩きながら言った。

「なに、長月と天野を討つ機会はある」

沖山が言うと、三谷は夜陰を見つめたままちいさくうなずいた。

三人は足早に亀島川の方へ去っていく。

第五章　向島

1

「とっつァん、お京ってえ女を知ってるかい」

利助が樽吉の親爺に訊いた。

親爺の名は茂平《もへい》、五十がらみのでっぷり太った赤ら顔の男である。

利助と綾次は、お京の塒をつきとめるために、花川戸にある樽吉に来ていたのだ。

「知らねえなァ」

茂平は仏頂面をして言った。

四ツ半（午前十一時）ごろだった。まだ午前中ということもあり、店のなかはひっそりしていた。職人らしい男がふたり、隅の飯台でめしを食っているだけである。

「玄庵ってえ町医者はどうだい」

「玄庵さんなら、知ってるぜ。町医者といっても、いまは医者の仕事はしてねえらしいがな」

茂平は口元に薄笑いを浮かべて言った。

「お京は、玄庵といっしょに来たはずなんだがな」

「さァ……」

茂平は首をひねったが、板壁に御品書きを貼っていた小女に、

「おたま、お京さんてえ客を知ってるかい」

と、訊いた。おたまという名らしい。

「お京さんなら、知ってるよ」

おたまが近寄ってきた。
十七、八歳だろうか。ひどく痩せて、頬の肉がえぐりとったように削《そ》げている。
「知ってるのかい」

利助と綾次は、おたまの方に顔をむけた。

すると、茂平はそそくさと板場の方へもどってしまった。いつまでも、油を売っているわけにはいかないと思ったようだ。

「玄庵先生と、いっしょにきたひとでしょう」

おたまが言った。御品書きは、まだ手に持っている。

「そうだ」

「数日前に店に来て、ふたりで、お酒を飲んでましたけど」

「やはりそうか。ところで、お京がどこに住んでるか知らねえか」

利助たちが知りたかったのは、お京の塒である。

「さァ……」

おたまは首をひねり、知らないわねえ、とつぶやくような声で言った。

「玄庵と酒を飲んでたとき、どんな話をしてた？」

利助は、ふたりの話のなかに、お京の塒をつきとめる手掛かりがあるかもしれないと思ったのだ。

「聞いてませんよ。ふたりは、小声で話していたし……」

おたまが首を横に振ったとき、

「お京さんなら、おれも知ってるぜ」

飯台でめしを食っていた男が、声をかけた。

「おめえさんたちも、知ってるのかい」

利助と綾次は、ふたりの方に歩を寄せた。

ふたりとも、三十がらみであろうか。近所に住む居職《いじよく》の職人のようである。すこし早いが、昼めしを食いに来たのかもしれない。

「お京さんは、諏訪町《すわちよう》に住んでるんじゃァねえかな」

丸顔で、小鼻の張った男が言った。

男の名は竹助《たけすけ》といった。竹助の姉が諏訪町に嫁にいっていて、ときおり姉の許《もと》にいくことがあるという。そうしたおり、お京の姿を二度見かけたという。

「二度とも、男と歩いてやしたぜ」

竹助が、口元に卑猥な笑いを浮かべて言い添えた。

「どんな男だい？」

「それが別の男でよ。一度目は若え遊び人ふうのやつで、なかなかの男前だったぜ。二度目は、お侍よ。御家人ふうだったな。……いろんな男をくわえ込む女のようだぜ」

利助は、お京といっしょにいたのは、永次郎と沖山だろうと思った。

「諏訪町のどの辺りで、お京さんを見かけたんでえ？」

竹助の言うとおり、お京の塒は諏訪町にあるようだ。

「黒船町寄りの大川端だよ」

黒船町は諏訪町の隣町である。

それから、利助はお京といっしょにいた御家人ふうの男のことも訊いてみたが、探索に役立つような話は聞けなかった。

「すまねえなァ」

そう言って、利助と綾次はふたりから離れて飯台に腰を下ろした。

そして、おたまにふたり分の菜めしを頼んだ。腹ごしらえをしてから、諏訪町へ行こうと思ったのである。

樽吉を出ると、初秋の強い陽射しが照りつけていた。陽はちょうど南天ちかくにあった。通行人が短い影を落とし、汗を拭きながら歩いている。

利助たちは大川端沿いの道を川下にむかって歩いた。材木町、駒形町と歩き、諏訪町へ出た。

「兄い、この辺りですかね」

綾次が歩きながら言った。

「そうだな」

通りの先に、御厩河岸《おうまやがし》の渡し場と浅草御蔵の倉庫が幾棟も連なっているのが見えた。そろそろ黒船町である。

「この辺りで、訊いてみるかい」

利助は路傍に足をとめて、通りに目をやった。話の訊けそうな店はないか探したのである。

「兄い、あそこに米屋がありやすぜ」

利助が通りの先を指差した。

春米屋《つきまいや》である。店のなかに、米俵が積んであり、平桶に入った白米も置いてあった。奥には足踏みの唐臼《からうす》もある。

「あの店で訊いてみるか」

利助は、お京が近くに住んでいれば、米を買いに来たこともあるのではないかと思ったのだ。

「ごめんよ」

利助が声をかけ、ふたりは店のなかに入った。

奉公人らしい若い男が、唐臼を踏んでいた。店のあるじらしい男はいなかった。奥の座敷にでもいるのだろう。

「何か用かい」

若い男は、訝しそうな顔をして店先に出てきた。肩先や髷に、小糠《こぬか》がついて白っぽくなっている。

「利助ってえ者《もん》だが、ちょいと、訊きてえことがあってな」

そう言って、利助は懐の十手をのぞかせた。

「親分さんですかい」

若い男はとって付けたような笑みを浮かべた。利助にむけられた目には、不安そうな色がある。

「お京ってえ、女を知ってるかい」

利助は、すぐに切り出した。

「お京さんねえ……」

若い男は小首をかしげた。

「名を聞いただけじゃァ分からねえだろう。ちょいと、いい女でな、遊び人や御家人ふうの男と歩いていたことがあるかもしれねえ」

「ああ、あの女《ひと》」

分かったらしかった。若い男の顔に、薄笑いが浮いた。男の目にも、お京は蓮っ葉な女に映ったのだろう。

「知ってるようだな」

「へえ。……うちの店にも米を買いに来たことがありやすよ」

「そうかい。お京が、どこに住んでるか知ってるかい」

「たぶん、庄兵衛店《しょうべえだな》だと思いやすが……」

若い男によると、お京が庄兵衛店の路地木戸から出てくるのを見かけたことがあるという。

「庄兵衛店は、どこにあるんだ」

利助が訊いた。

「ここから、一町ほど先ですよ」

一町ほど先に笠屋《かさや》があり、その脇に長屋へ出入りする路地木戸があるという。

「助かったぜ」

利助が礼を言い、ふたりは春米屋を出た。

2

小体な笠屋だった。店先に菅笠《すげがさ》や網代笠《あじろがさ》などがぶら下がり、川風に揺れていた。その店の脇に、路地木戸があった。長屋はその奥らしい。

利助と綾次は、直接長屋に入って訊くのはまずいと思った。お京の耳に入ったら、姿を消すかもしれない。

利助たちは笠屋も避け、半町ほど先にあった瀬戸物屋に入った。

店先にいた親爺に訊くと、

「お京さんなら、庄兵衛店にいますよ。……ときどき出かけて、長屋に帰らないこともあるようですがね」

五十がらみと思われる親爺は、口元に卑猥な笑いを浮かべた。よからぬことを思い浮かべたらしい。

利助たちはすぐに瀬戸物屋を出た。それだけ訊けば、親爺に用はないのである。瀬戸物屋を出た足で、利助たちは八丁堀に向かった。隼人に会うためである。いまから向かえば、まだ陽が沈まないうちに八丁堀に着けるだろう。

七ツ半（午後五時）ごろ、利助たちは八丁堀に着いた。隼人は屋敷に帰っていた。

縁先で顔を合わせた隼人は、

「何かつかんだかい」

と、すぐに訊いた。

「へい、お京の塒をつかみやした」

利助は、お京の住む庄兵衛長屋にたどりつくまでの経緯をかいつまんで話した。

「でかしたぞ」

隼人はふたりを褒めてやった。

すると、利助が照れたような顔をして、

「これで、玄庵を逃がした借りが返《けえ》せやした」

と言って、綾次と顔を見合わせた。ふたりとも、満足そうである。

「さて、お京をどうするかだが……」

隼人は、いっとき虚空に視線をとめて黙考していたが、

「お京は、ときどき出かけて、長屋に帰らねえことがあると言ったな」

と、念を押すように訊いた。

「瀬戸物屋の親爺が言ってやした」

「おそらく、行き先は沖山たちの塒だな。利助、しばらくお京を見張ってくれ」

「また、泳がせるんですかい」

「そうだ。お京ひとりを捕っても仕方がねえからな。それに、お京は沖山たちと頻繁に会ってるはずだ。見張りも長い間じゃァねえ」

隼人は、沖山と三谷が天野を襲ったとき、お京が手引きしたことを繁吉から聞いていた。そのことからも、お京が沖山たちと頻繁に接触していることが推測されたのだ。

「承知しやした」

「八吉に話してな。繁吉たちにも、手伝わせろ」

「へい」

利助と綾次は、すぐに縁先から離れていった。

翌日から、利助、綾次、繁吉、浅次郎、それに八吉の五人で、お京を見張ることになった。いつ、お京が動くか分からなかったので、朝から暗くなるまで目が離せなかった。そこで、玄庵を見張ったように五人で分担して見張ることにしたのだ。

だが、分担して見張るまでもなかった。利助たちが見張りを始めたその日に、お京は動いたのだ。

七ツ（午後四時）ごろだった。笠屋の脇の路地木戸から、色白の年増が姿を見せたのである。

そのとき、町家の板塀の陰から路地木戸を見張っていたのは、繁吉と浅次郎だった。

「おい、出て来たぜ。お京だ」

繁吉が声を殺して言った。繁吉は、八丁堀でお京の姿を目にしていたので、すぐに分かったのである。

お京は大川端の通りを川下にむかって歩いていく。

「浅、尾けるぜ」

「へい」

ふたりは、お京が半町ほど離れてから通りへ出た。

尾行はそれほどむずかしくなかった。お京は振り返らなかったし、大川端にはちらほら人影があったので、通行人にまぎれることができたからである。

お京は浅草御蔵の近くまで来ると、大川端から離れて千住街道へ出た。そして、浅草御蔵の前を通り過ぎると、ふたたび大川端の道にもどり、柳橋に入った。

お京は、大川端沿いにあった船宿に入った。船田屋である。

「親分、ここが沖山たちの隠れ家ですかい」

浅次郎が訊いた。

「ちがうな。やつら、ここで会ってるんじゃァねえのかな」

繁吉は、天野の手先たちが、沖山たちの密会の場所として柳橋の料理屋や船宿を探っていることを隼人から聞いていたのだ。

「どうしやす」

「しばらく、様子を見ようじゃァねえか」

繁吉は通りに目をやって身をひそめる場所を探した。

川岸の叢《くさむら》に引き上げられた猪牙舟があった。廃船らしい。その舟の先に石段があり、ちいさな栈橋につづいていた。船田屋の栈橋である。三艘の猪牙舟が舫《もや》ってあった。

「あそこが、いいだろう」

廃船の陰にかがめば、通りからも栈橋につづく石段からも身を隠せそうだ。

繁吉と浅次郎が、廃船の陰に身を隠して小半刻(三十分)ほどしたとき、

「親分、来やした！」

浅次郎が声を殺して言った。

「分かってるよ」

沖山だった。両国の方から来たらしい。沖山は船田屋の店先で足をとめ、左右に目をやってから入っていった。

「後ろから、玄庵らしいのが来やしたぜ」

浅次郎が言った。

坊主頭で、小袖の上に袖無しを羽織った男が沖山につづいて船田屋に入っていった。玄庵である。

「三谷も来たぜ」

玄庵から半町ほど遅れて三谷があらわれ、船田屋に入っていった。

どうやら、三人は人目を引かないようにすこし間をとって来たらしい。お京、沖山、玄庵、三谷の四人が船田屋に入ったのである。これで、役者がそろったわけだ。

「親分、どうしやす」

「知れたことよ。沖山たちが出てきたら尾けるんだ」

繁吉たちの張り込みの目的は、沖山たちの塒をつかむことにあったのだ。

3

繁吉と浅次郎は、廃船の陰に身を隠して沖山たちが姿をあらわすのを待った。

沖山たちは、なかなか店から出てこなかった。陽は沈み、辺りは濃い暮色につつまれている。

猪牙舟や箱船などが行き交っていた大川も船影が見えなくなり、荒涼とした川面が両国橋の彼方《かなた》までつづいていた。聞こえてくるのは、汀《みぎわ》に寄せる川波の音と川岸の叢のなかで鳴く虫の音だけである。

「そろそろ出てくるはずだがな」

繁吉がつぶやくように言った。

沖山たちが船田屋に入って一刻（二時間）ほど過ぎていた。四人で酒を飲みながらの密談であろうが、そろそろ出てきてもいいころである。

女将らしい女に送られて、沖山たちが店から出てきたのは、さらに時が過ぎて辺りが夜陰につつまれてからだった。

「親分、四人いっしょですぜ」

見ると、店先に沖山、三谷、玄庵、それにお京の四人が、姿をあらわした。

四人は店先で何やら話していたが、お京だけが男たちから離れ、大川端を川上にむかって歩きだした。諏訪町の長屋へ帰るのであろう。

沖山たち三人は、店先に立っていた。だれかを待っているようである。

と、黒の半纏に股引姿の男が慌てて店から飛び出してきた。そして、沖山たちを先導するように先にたって歩き始めた。

「船頭のようだな」

半纏姿の男は船田屋の船頭だろう、と繁吉は思った。

船頭は桟橋につづく石段を下りていった。沖山たち三人が、後につづく。

……舟だ！

繁吉は胸のなかで叫んだ。

沖山たちは、船田屋の舟に乗って帰るつもりなのだ。

「浅次郎、ぬかったぜ。跡が尾けられねえ」

沖山たちが舟に乗って桟橋を離れたら、跡が尾けられない。

「ちくしょう！」

浅次郎がくやしそうに言った。

沖山たちが猪牙舟に乗り込むと、艫《とも》に立った船頭が舟を桟橋から離した。舟は水押《みお》しを川上にむけ、水飛沫を上げて大川をさかのぼっていく。

沖山たちの乗る舟は、見る間に川面をつつんだ夜陰のなかに消えていった。

「親分、無駄骨でした」

浅次郎ががっかりしたように言った。

「そうでもねえぜ。やつらを乗せた船頭に訊きゃァ、塒の見当がつく。それにな、やつら三人が、同じ塒にいるらしいことも分かったじゃねえか」

繁吉も船宿の船頭だった。大川のことは自分の庭のように知っている。沖山たちを乗せた船頭に、三人を下ろした場所を訊けば、塒の見当がつくだろう。

「浅、明日、出直しだ」

繁吉はそう言って、廃船の陰から通りに出た。

翌朝、繁吉と浅次郎は、陽が高くなってから船田屋の桟橋へ来た。まず、昨夜の船頭を見つけるのである。

桟橋を見ると、ふたりの船頭が舫ってある猪牙舟に乗っていた。客のために船底に莫蓙《ござ》を敷いたり、莨盆《たばこぼん》の掃除をしたりしている。

繁吉と浅次郎は石段から桟橋へ出て、ふたりの船頭に近付いた。

「ちょいと、すまねえ」

繁吉が、桟橋のなかほどにつないである舟のなかにいた船頭に声をかけた。はっきりしなかったが、昨夜見かけた船頭のような気がしたのである。

「おれのことかい」

船頭は船底から頭をもたげ、繁吉に目をむけた。まだ若い。二十歳そこそこと思われる船頭だった。

「昨日、桟橋のそばを通ったとき、玄庵先生が舟に乗るのを見かけたんだが、どこへ行ったんだい」

繁吉は岡っ引きであることを隠して訊いた。沖山たちに探っていたことが知れると、面倒だと思ったのである。

「町医者の玄庵先生か」

「そうよ」

思ったとおり、昨夜の船頭のようだ。

「玄庵先生に何か用かい」

「用ってほどじゃァねえが、三年ほど前に、玄庵先生に薬をもらって腹痛を治したことがあってな。こんなところで、会うとは思わなかったので訊いてみたのよ」

繁吉は、もっともらしいことを言った。

「どこへ行ったか、分からねえぞ」

「おめえが、舟で玄庵先生たちを乗せていったのを見たがな」

「ああ、舟で送ったことはまちげえねえが、三人とも川の向こうの桟橋で下ろしたからな。その先のことは分からねえ」

川の向こうというのは、本所であろう。

「どこの桟橋だい」

「向島《むこうじま》の水戸さまのお屋敷の近くだ」

「墨堤《ぼくてい》か」

向島に水戸家の下屋敷があった。その屋敷を過ぎるとすぐにちいさな桟橋があった。その桟橋から先が、桜の名所で知られた墨堤である。大川沿いに、八代将軍吉宗が植えさせたという桜並木がつづいている。

……どうやら、三囲《みめぐり》神社の近くらしい。

と、繁吉は思った。

繁吉は三囲神社の近くに、商家の寮や隠居所などが建っているのを知っていたのだ。身を隠すには、もってこいの場所かもしれない。

沖山たち三人は船田屋からの帰りは舟で送ってもらったが、来るときは大川端を歩いたのだろう。

「ふたりはお侍のようだったが、三人とも同じ場所で下りたのかい」

繁吉が訊いた。

「そうだが、おめえ、何が訊きてえんだ」

船頭の顔に訝しそうな表情が浮いた。繁吉の問いが執拗《しつよう》だったからだろう。

「なに、侍といっしょだったんで、妙な取合わせだと思ってよ。……手間を取らせて悪かったな」

そう言い残して、繁吉たちは桟橋を離れた。

大川端の通りへ出た繁吉と浅次郎は、川上にむかって歩いた。向島まで行って、沖山たちの塒をつきとめるのである。

4

繁吉と浅次郎は水戸家下屋敷を過ぎると、三囲神社の杜《もり》の裏手の畔道《あぜみち》へ入った。その先の雑木の疎林のなかに、寮や隠居所などが何棟かあるはずである。

畔道の左右は、田圃《たんぼ》がひろがっていた。穂を垂れた稲が風にそよいでいる。刈り取りまで、もうすこしであろう。

百姓がひとり、畔道に腰を下ろして莨《たばこ》をくゆらせていた。継ぎ当てのある腰切半纏《こしきりばんてん》に股引、煮染めたように汚れた手ぬぐいで頬っかむりしていた。畔道の雑草を刈りにきて、一休みしているようだ。

「ちょいと、訊きてえことがあるんだがな」

繁吉が百姓に声をかけた。

「おらのことけえ」

百姓が大声で答えた。稲のそよぐ音に、声を掻き消されると感じたのであろう。

「そうだ」

「何かね」

百姓は立ち上がると、自分から近付いてきた。年配の男だった。陽に灼《や》けた顔に、笑みが浮いている。人はいいらしい。

「この辺りに、町医者と侍が住んでねえかい」

「住んでるかどうか知らねえが、ちかごろよく見かけるな」

百姓の顔に、不審そうな表情が浮いた。あらためて、妙な組み合わせだと思ったのかもしれない。

「どこに、住んでるんだい」

「この先の林のなかの家だよ。二軒めの借家だ」

百姓が話したところによると、小伝馬町の大店のあるじが妾《めかけ》を囲っていた家だが、三年ほど前に妾が死に、その後は借家になっていたという。

「一年ほど前《めえ》になるかな。薄気味悪い牢人が住むようになってよ。ちかごろは、いろんなやつらが出入りしているようだ。……村の者は怖がって、近付かねえがな」

百姓は大声でしゃべった。

それだけ聞けば十分だった。どうやら三谷の隠れ家だったようである。そこへ、住処から姿を消した沖山と玄庵が身を隠したのだろう。

「とっつァん、手間をとらせてすまなかったな。仕事をつづけてくんな」

そう残して、繁吉たちは前方に見える雑木林にむかった。

雑木林といっても、栗や櫟《くぬぎ》などがまばらに生えた疎林で、笹や雑草なども多かった。三棟の家屋がその雑木林を背にして建っていた。閑静な地で、療養や隠居所にはもってこいの場所だろう。

「親分、あの家らしいですぜ」

浅次郎が疎林のなかに入ると、すぐに言った。

見ると、寮らしい家屋の先に板塀をめぐらせた家があった。だいぶ古い家で、板塀が所々朽ちて落ちている。

「気付かれねえように歩けよ」

繁吉は忍び足で、雑木や笹藪の陰などに身を隠しながら板塀に近付いた。浅次郎も足音をたてないように跟《つ》いてきた。

繁吉と浅次郎は板塀に身を張り付けるようにして、なかの様子をうかがった。

家のなかから男のくぐもった声が聞こえてきた。床を踏む音や障子をあける音もする。何人かいるようだ。ただ、話の内容までは聞き取れなかった。

いっときすると、障子をあける音がし、おい、酒はもうないのか、という声がはっきりと聞こえた。繁吉たちがひそんでいる近くの障子をあけたせいらしい。

繁吉は板塀の隙間から、なかを覗いてみた。あけられた障子の先の座敷に立っている男の姿が目に入った。

……沖山だ！

天野たちを襲った男である。

繁吉は胸の内で、やつらの尻尾をつかんだぜ、と叫んだ。やっと、沖山たちの塒をつきとめたのである。

繁吉と浅次郎は、その日の内に八丁堀に足を運び、隼人に会って沖山たち三人の塒をつかんだことを話した。

「沖山、三谷、玄庵の三人が、そこにいるのだな」

隼人が念を押した。

「いるはずでさァ」

繁吉は顔を見たのは沖山だけだが、船田屋から猪牙舟で三谷と玄庵もいっしょだったので、まちがいないことを話した。

「よし、すぐに捕ろう」

隼人は間を置くと、また塒を変える恐れがあると踏んだのだ。

翌朝、隼人は南町奉行所の同心詰所で天野と会い、沖山たちの隠れ家をつかんだこ

とを話し、

「船田屋は、一味の密会場所だったようだ」

と、言い添えた。天野が手先たちに命じて、柳橋の料理屋や船宿を探っていたことを知っていたからである。

「それでどうします」

天野が顔をひきしめて訊いた。

「ともかく、早く手を打った方がいい」

「明日にも捕方を集めて、向島にむかいますか」

「お京もいるぞ。同時に仕掛けないと、どちらかに逃げられる」

隼人は、二手に分かれて同じ日にお京も捕縛したいと思っていた。

「わたしも、向島に行きたいんですがね。沖山と三谷には、借りがありますから」

天野は手傷を負った肩先を撫でながら言った。まだ、肩に晒を巻いているようだったが、刀を遣うのに支障はないようだった。

「加瀬さんを頼むか」

お京の捕縛は加瀬にまかせてもいい、と隼人は思った。

「加瀬さんなら、まかせても大丈夫ですよ」

「よし、お京は加瀬さんにまかせよう」

「当番与力に、話さなくてもいいんですか」

これだけの捕物になると、通常、与力に上申して出役を頼むのである。

「いいだろう。騒ぎが大きくなって、沖山たちの耳にとどけば、元も子もないぞ」

隼人は、天野と加瀬にだけ話し、与力の出役はあおがずに巡視中に下手人の隠れ家を発見し、急遽《きゅうきょ》捕らえたことにしようと思っていたのだ。

「分かりました。それで、いつ？」

天野が訊いた。

「明日の夕方だな。早い方がいい」

「今日中に、捕方に話しておきますよ」

向島にむかう捕方は、天野と隼人にしたがっている小者、それに手札を渡している岡っ引きと下っ引きということになるだろう。

「念のため、長柄を用意してくれ」

沖山と三谷は刀をふるって抵抗するだろう。捕方から犠牲者を出さないためにも、突棒、袖搦、刺股《さすまた》などの長柄の捕具を用意する必要があった。

「分かりました」

天野が目をひからせてうなずいた。

5

晴天だった。上空に青空がひろがっていたが、日本橋川を渡ってきた風のなかには、秋の気配を感じさせる涼気があった。

七ツ（午後四時）ごろであろうか。陽は西の空にまわり、家並の影が長く伸びている。

南茅場町の大番屋の前に、二十人ほどの男たちが集まっていた。隼人、天野、加瀬、それに捕方たちである。捕方たちのなかには、利助、綾次、庄助、それに平助の姿もあった。ただ、繁吉と浅次郎の姿はなかった。ふたりは隼人に命じられ、向島の隠れ家にいる沖山たちの様子を見に行っていたのである。

隼人たち三人の同心は捕物装束《しょうぞく》ではなく、ふだん市中を歩いている八丁堀同心の格好だった。巡視の途中で下手人の隠れ家を発見し、急遽捕らえたことにしたかったので、あえて捕物装束に着替えなかったのである。

捕方たちのなかの岡っ引きや下っ引きたちは、着物の裾を尻っ端折りし、股引姿の者が多かった。向島にむかう者は長柄の捕具を持参することになっていたが、まだ手にしてなかった。大番屋のなかに置いてあったのである。

「旦那、来やしたぜ」

利助が隼人に言った。

見ると、日本橋川の鎧ノ渡の方から繁吉と浅次郎が駆けてくる。

隼人はふたりが近付くと、

「どうだ、いるか」

と、すぐに訊いた。沖山たちが隠れ家にいなければ、どうにもならないのだ。

「いやす、三人とも」

繁吉が昂《たかぶ》った声で言った。

「天野、聞いたとおりだ。捕方に支度させてくれ」

隼人が天野を振り返って言った。

通常、下手人の捕縛は定廻り同心や臨時廻り同心の仕事なので、捕方を動かすのは天野と加瀬にまかせたのである。

天野はすぐに動いた。加瀬に伝えた後、向島へむかう捕方たちには、大番屋にもどって長柄の捕具を持ってくるよう指示した。

「長月どの、われらは諏訪町へむかうぞ」

加瀬が隼人のそばに来て言った。

加瀬は諏訪町へ出向き、お京を捕らえることになっていたのだ。加瀬にしたがうのは、五人の捕方だった。加瀬が手札を渡している岡っ引きとその手先である。五人の捕方は、長柄の捕具は手にしていなかった。相手は女ひとりなので、ふだん身につけている十手と捕縄で十分だったのだ。

加瀬たちは江戸橋の方へむかった。徒歩《かち》で諏訪町まで行くのである。

「こっちも、行くぞ」

天野が捕方たちに声をかけた。

十数人の捕方が、いっせいに動いた。向かった先は、大番屋から近い鎧ノ渡である。隼人たちは向島まで、猪牙舟で行くことにしてあったのだ。すでに三艘の舟が、桟橋に用意してあった。舟ならば速いし、長柄の捕具を船底に置けば、人目を引く心配もなかったのである。

三艘の舟に捕方たちが分乗し、船頭役の者が艪《ろ》を取った。舟が桟橋から離れると、水押しを下流にむけた。日本橋川から大川へ出て、向島へむかうのである。

隼人は繁吉が漕ぐ舟に乗った。繁吉は船宿の船頭だけあって、舟を扱うのは巧みだった。同乗したのは、利助、綾次、浅次郎、庄助、それに平助だった。

隼人は、平助の顔がこわばっているのを見て、

「いよいよ、三谷を捕らえられるな」

と、声をかけた。平助が隼人にしたがって探索に奔走していたのは、三谷に斬殺された親分の弥十の敵を討ちたい気持ちが強かったからなのだ。

「三谷は、あっしがお縄にしやす」

平助が思いつめたような顔で言った。

「お縄にするのは、むずかしいかもしれねえぞ。三谷は剣の遣い手だ。おとなしく縄を受けるはずはないし、逃げられぬとみれば、縄を受ける前に自害するぞ」

隼人は、三谷と立ち合うつもりでいた。捕方が捕縛しようとすれば、大勢の犠牲者がでるとみていたからだ。

「分かっていやすが、どうしても縄をかけてえ。……旦那、これを見てくだせえ」

そう言って、平助は懐から捕縄を取り出した。

「こいつは、親分の持っていた捕縄なんでさァ。こいつでやつを縛って、親分の恨みを晴らしてえんで」

平助が訴えるように言った。

「分かった。平助は、おれのそばから離れるな」

隼人は捕縛の機会があれば、平助に縄をかけさせてやろうと思った。

「へい」

平助がうなずいた。

隼人たちの乗る舟が先頭で、天野たちの乗る二艘の舟が後につづいた。三艘の舟は水押しで大川の川面を裂きながら、上流へむかっていく。

右手に本所、左手に浅草の家並を見ながら、舟は大川をさかのぼっていく。いっときして、吾妻橋をくぐると、右手に水戸家の下屋敷が迫ってきた。その先に墨堤の桜並木がつづいている。

夕陽が浅草の家並の向こうに沈みかけ、西の空には残照がひろがっていた。大川の川面は夕陽を映じて、淡い鴇色に染まっている。この辺りまで来ると、大川を行き来する船影が急にすくなくなり、気のせいか、水押しで分ける水音がさらに大きくなったように感じられた。

「もうすぐですぜ」

そう言って、繁吉が舟を右手の岸へ寄せ始めた。

水戸家の下屋敷を過ぎて間もなく、墨堤近くの岸辺に桟橋が見えてきた。ちいさな桟橋で、猪牙舟が三艘だけ舫ってあった。

繁吉は巧みに艪を操って、舫ってある舟の脇に着けた。

「下りてくだせえ」

繁吉の声で、隼人たちは桟橋に飛び下りた。

後続の二艘も着き、天野と捕方たちも桟橋に下り立った。

隼人と天野に率いられた十数人の一隊は、桟橋から土手沿いの通りへ出た。そして、繁吉の先導で三囲神社の裏手の畔道を通り、雑木林のなかに踏み込んだ。

隼人は足をとめ、

「天野、ここにいてくれ。繁吉と様子を見てくる」

そう言い置いて、繁吉とともに沖山たちの隠れ家にむかった。

6

「旦那、あれが沖山たちの隠れ家でさァ」

繁吉が足をとめて、指差した。

板塀をめぐらせた古い家屋だった。辺りは閑寂として、聞こえてくるのは野鳥のさえずりと風にそよぐ雑木の葉音だけである。

隼人たちは、足音を忍ばせて板塀に身を寄せた。隼人は塀の隙間からなかを覗いて見た。敷地はひろく、庭もあった。ただ、長い間庭木の手入れはしてないらしく、松、梅、百日紅《さるすべり》などが枝葉を繁茂させていた。庭は雑草でおおわれ、空き地といった方がいいほど荒れている。

……立ち合いの間はある。

庭は荒れていたが、立ち合うだけのひろさはあった。それに、雑草の丈は低く、足を取られるようなこともなさそうだった。

隼人は、沖山と三谷を庭に誘い出そうと思った。家のなかで捕らえようとすると、取りかこんで長柄の捕具を遣うことはできず、多くの犠牲者が出るだろう。

「旦那、沖山たちはいやすぜ」

繁吉が声を殺して言った。

「そのようだな」

家のなかから、くぐもった話し声が聞こえてきた。複数の男の声がする。おそらく、沖山たち三人であろう。

「そろそろ仕掛けよう」

すでに、陽は沈んでいた。樹陰や軒下などに、淡い夕闇が忍び寄っている。

隼人と繁吉は天野たちのそばにもどり、捕方とともにふたたび板塀の陰に身を寄せた。

「天野、捕方を戸口と庭の二手に分けてくれ」

隼人が言った。

「分かりました」

「天野には五、六人ほどの捕方とともに、戸口から押し入って欲しいのだ。……大勢で突入したように見せかけ、沖山たち三人を庭へ飛び出させるつもりだ」

隼人は、戸口付近にとどまって奥へは行くな、と念を押した。屋敷内でやりあえば、捕方から犠牲者が出るだろう。

天野は無言でうなずいた。顔がひきしまり、双眸が鋭いひかりを帯びている。すぐに、天野は声を殺して捕方たちを二手に分けた。

「行くぞ」

天野が捕方たちの先頭にたって、戸口へむかった。

「おれたちは、裏手だ」

隼人は利助や繁吉たちを連れ、足音を忍ばせて裏手へまわった。裏手といっても庭の隅で、すぐに庭へ行ける場所である。

天野に指示された五人の捕方も庭にまわり、庭木の陰に身を隠した。

沖山たちはまだ気付いていないらしく、家のなかから話し声や床を踏む音などがかすかに聞こえてきた。

そのとき、表戸を蹴破る激しい音がし、つづいて、御用！　御用！　という叫び声が聞こえた。戸口から天野たちが突入したのである。

さらに、戸口付近から床板を踏む音や荒々しく障子をあける音などが、家のなかにひびいた。

「こっちも、声を出せ」

隼人の指示で、利助たちが一斉に叫んだ。

御用！　御用！

ひとり残らず、召し捕れ！　逃がすな！

そうした声と物音は、沖山たちに家の戸口と裏口から捕方が一斉に踏み込んだように思わせるためであった。

すぐに、家のなかから男の怒鳴り声と障子をあける音が聞こえた。

裏手からも来た！

庭へ、逃げろ！

と、男の声がし、つづいて、床板を荒々しく踏む音が起こった。

庭に面した障子があけ放たれ、複数の男が縁側に顔を出した。沖山と玄庵である。ふたりの背後に、総髪の男も姿を見せた。顔ははっきりしないが三谷であろう。

沖山と三谷は、大刀をひっ提げていた。咄嗟に刀を手にして、座敷を出たようだ。

「庭には、だれもいないぞ」

玄庵が言い、縁側から庭に飛び下りた。

沖山と三谷がつづく。

「行くぞ!」

隼人は声を上げ、庭に走った。平助がつづき、さらに利助たちが走った。

同時に、庭にひそんでいた長柄を持った捕方たちが飛び出した。戸口から、天野たちも走り寄った。

それを見た玄庵が、

「に、逃げられねえ……」

と言って、へなへなと尻餅をついた。

そこへ、三人の捕方が駆け寄って、玄庵に十手をむけた。玄庵は尻餅をついたまま、恐怖に顔をゆがめて顫えている。

「沖山を捕れ!」

かこむ。

天野が叫んで、沖山の前に走り寄った。七、八人の捕方が駆け寄って、沖山を取り
「長柄を遣え！」

天野が声を上げると、捕方たちがいっせいに突棒、袖搦、刺股などを沖山に向けた。

「おのれ！　ひとり残らず斬り殺してくれる！」

沖山は憤怒に顔を赭黒く染め、刀を振り上げた。


隼人は三谷の前に立った。脇で、平助が目をつり上げて十手をむけている。利助や繁吉たちは、すこし間を置いて三谷を取りかこんだ。隼人に、三谷には手を出すなと言われていたのである。

三谷は、ふだんと変わらぬ表情のない顔をしていたが、隼人を見すえた双眸には、刺すような鋭いひかりがあった。野獣を思わせるような猛々しい目である。

「三谷、今日こそは決着をつけようぞ」

言いざま、隼人は抜刀した。

「よかろう」

三谷も抜き、手にした鞘を叢に捨てた。

隼人と三谷との間合は、およそ三間半。隼人は青眼、三谷は下段である。これまで、ふたりが立ち合ったときと同じ構えだった。

三谷は両肩を落とし、覇気のない身構えで立っている。ただ、三谷の刀身が前よりすこし高かった。切っ先が雑草にからまぬように、高くとったのであろう。

7

三谷の全身に気勢が満ちてきた。双眸が炯々とひかり、薄い唇が朱を刷いたように赤く染まっている。

ザッ、ザッ、と叢を爪先で分けて、三谷が間を寄せてきた。下から突き上げてくるような威圧がある。

隼人は気を鎮めて、敵との間合を読んでいた。三谷の初太刀《しょだち》は分かっていた。下段から逆袈裟に斬り上げ、首筋を狙ってくるはずである。おそらく、三谷は初太刀を捨て、二の太刀に勝負をかけてくるだろう。

しだいに間合がつまり、三谷の剣気が高まってきた。隼人も全身に気魄を込め、斬撃の気配を見せていた。痺れるような剣気がふたりをつつみ、時のとまったような感覚にとらわれる。

ふいに、三谷の寄り身がとまった。一足一刀の間境の手前である。

……この遠間《とおま》から仕掛けてくる。

と、隼人は読んだ。初太刀を捨てるなら、切っ先が空を切ってもいいのである。

三谷は全身に激しい気勢を込め、斬撃の気配を見せた。気攻めである。対する隼人も全身に気魄を込めて、三谷を攻めている。

ふたりの剣気が高まり、時がとまり、音が消えた。すべての神経が、敵の気配と動きにむけられている。

とそのとき、三谷の裂帛の気合が静寂《しじま》を劈《つんざ》いた。

刹那、三谷の全身に斬撃の気がはしった。

イヤアッ！

三谷が裂帛の気合を発し、下段から逆袈裟に斬り上げた。

が、隼人は動かなかった。

閃光が弧を描き、三谷の切っ先が隼人の喉元をかすめて流れた。その瞬間、隼人の体が躍動した。隼人は三谷の初太刀を見切ってから、仕掛けたのである。

タアッ！

鋭い気合とともに、隼人は三谷の手元に斬り込んだ。

間髪をいれず、三谷が刀身を返しざま、二の太刀を袈裟に斬り落とした。神速の返し技だった。

隼人の切っ先が、三谷の右手の甲をえぐり、三谷の切っ先は隼人の肩先を裂いた。

一合《いちごう》した次の瞬間、ふたりは大きく後ろへ跳んで間合を取り、ふたたび青眼と下段に構え合った。

隼人の左の肩先に、かすかな疼痛があった。着物が裂け、肌に血の色がある。だが、浅く皮肉を裂かれただけである。

一方、三谷の手の甲から、タラタラと血が滴《したた》り落ちていた。隼人の切っ先が肉を深くえぐったのである。

三谷の切っ先がかすかに震えていた。右手の傷で、気が昂《たかぶ》っているのだ。

「まだだ」

三谷が低い声で言った。無表情だった三谷の顔が豹変《ひょうへん》していた。隼人に手を斬られたせいであろう。顔が憤怒にゆがみ、肌が赭黒く染まっている。獰猛《どうもう》な獣のような面貌《おもて》である。

「行くぞ」

隼人が爪先で叢を分けながら間合をつめ始めた。

三谷も同じようにジリジリと間合を狭めてくる。手の甲から滴り落ちた血が、叢に赤い点の筋を引いていく。

ふたりの間合が、相手を引き合うように狭まっていく。痺れるような剣気が、三谷の全身から放たれている。

三谷は寄り身をとめず、一気に斬撃の間境に迫った。

間境を越えた瞬間、三谷が仕掛けた。

つ、と切っ先を前に突き出し、斬り込む気配を見せたのだ。誘いだった。隼人に斬り込ませ、その起こりをとらえようとしたのだ。

ヤッ！

隼人が短い気合を発し、青眼から振りかぶった。鍔が額に触れるほどの低い上段だった。

次の瞬間、ふたりの体が、ほぼ同時に躍動した。

隼人は低い上段から手元へ突き込むように籠手《こて》をみまい、三谷は刀身を横に払って胴を狙った。

ザクリ、と隼人の切っ先が三谷に右の前腕を深くえぐり、骨まで截断した。

一方、三谷の切っ先は隼人の腹をかすめて流れた。

三谷の右腕が薄く皮肉を残してぶらさがり、截断された傷口から血が筧《かけい》の水のように流れ落ちた。

「お、おのれ！」

三谷の顔が般若《はんにゃ》のようにゆがんだ。

よろめくように後じさった三谷は、左手に持った刀を振り上げると、もはや、これまで、と叫び、刀身で己の首を引き斬ろうとした。

「そうはさせぬ！」

踏み込みざま、隼人は刀身を横に払って三谷の刀をはじき落とした。

「平助、捕れ！」

隼人が声を上げると、平助が飛び込むような勢いで三谷に駆け寄った。

「親分の縄を受けやがれ！」

と叫び、平助は手にした捕縄を三谷の体にまわして縛り上げた。

截断された右腕から噴出した血が、三谷と平助の体を血まみれにした。

隼人は懐から手ぬぐいを取り出し、すばやく三谷の右腕を縛った。出血をとめねば、死ぬのである。

「殺せ！」

三谷が歯を剝き出し、吼《ほ》えるような声で言った。

「殺さぬ。うぬには、裁きをうけてもらう」

そう言うと、隼人は沖山に目を転じた。

まだ、沖山は捕らえられていなかった。髷の元結《もとゆい》が切れてさんばら髪だった。着物が裂け、血だらけである。取りかこんだ捕方たちの長柄の捕具で、突かれたりたたかれたりしたらしい。

隼人は、天野のそばに走った。天野も目をつり上げて、十手を構えていた。着物の袖口が裂けている。沖山の切っ先を受けたのだろう。

「沖山は、わたしが捕ります」

天野が昂った声で言った。天野にも、同僚の菊池の敵を討ちたい気持ちがあるようだ。

「まかせた」

隼人は、天野にまかせても大事ないだろうと思った。

「捕れ！」

天野が叱咤《しった》するような声を上げた。

すると、沖山の左手にいた大柄な捕方が、手にした突棒を沖山の脇腹に突き込んだ。

咄嗟に、沖山はその突棒を刀で払ったが、勢い余って体がよろめいた。

すかさず、右手にいた捕方が袖搦を突き出すと、沖山の刀を持った右手の袂にからまった。

「いまだ！　突け」

天野が叫んだ。

その声で、突棒と刺股を持った捕方が打ちかかった。

ギャッ！　と絶叫を上げて、沖山がのけ反った。刺股は空を切ったが、突棒が顔面に当たったのだ。

沖山の顔から血が噴き、赤い布を張り付けたように染まっていく。

「町方の縄など受けるか！」

叫びざま、沖山が刀身を首筋に当てて、押し切った。天野にも捕方たちにも、とめる間はなかった。一瞬の自決である。

血飛沫が周囲に飛び散った。

沖山は全身血だらけになって、つっ立っていた。血に染まった顔面に、目玉だけが白く浮き上がったように見えていた。ざんばら髪とあいまって、凄まじい形相《ぎょうそう》である。

数瞬、沖山は血を撒きながら立っていたが、ふいに体が揺れ、腰からくずれるように転倒した。叢に倒れた沖山は、かすかに四肢を痙攣《けいれん》させていたが、呻き声ひとつ洩らさなかった。絶命したらしい。

「終わったな」

隼人は天野に歩を寄せて声をかけた。

すでに、玄庵は捕方の手で、縄をかけられていた。三谷も、土気色の顔をしてうなだれている。

そのころ、諏訪町へ出向いた加瀬たちも、お京を捕らえていた。お京は南茅場町の大番屋に連れてこられ、吟味を受けることになるだろう。

三谷と玄庵も、隼人たちの手で大番屋に連行された。隼人たちが大番屋に着いたときは、町木戸のしまる四ッ（午後十時）を過ぎていた。

三谷、玄庵、お京の吟味は、明日からということになったが、三谷の吟味はできなかった。翌朝、三谷は仮牢のなかで、死んでいたのである。

自害といってもよかった。血止めのために、右腕を縛っておいた手ぬぐいを食い千《ち》切《ぎ》ったのである。

8

「旦那、みなさんが、待ってますよ」

隼人が豆菊の格子戸をあけると、戸口にいたおとよが声を上げた。

「待たせたかい」

「いえ、まだ、顔をそろえたばかりですよ」

おとよは、満面に笑みを浮かべて言った。

暮れ六ツ（午後六時）すこし前だった。ふだんだと、店内は客で賑わっているころなのだが、客の姿はなかった。その代わり、奥の小座敷から利助や綾次たちの賑やかなおしゃべりが聞こえてきた。

隼人たちが沖山たちを始末してから、十日ほど過ぎていた。一昨日、隼人は豆菊に顔を出し、八吉に、利助や繁吉たちを集めるよう頼んでおいたのだ。事件の片がついたので、慰労のためである。

八吉は、そういうことなら、店は貸し切りにしやしょう、と言って、今日は客は入れないことになったのだ。

隼人が奥の座敷の障子をあけると、集まっていた男たちが話をやめ、一斉に顔をむけた。八吉、利助、綾次、繁吉、浅次郎、それに平助の顔もあった。隼人が、平助にも声をかけてくれと八吉に頼んでおいたのだ。

「旦那、ここへ座ってくだせえ」

八吉が正面の座布団を指差して言った。隼人のために用意しておいた席らしい。

「さァ、さァ、みなさん、お酒ですよ」

おとよが、板場から猪口と銚子を運んできた。

「おっと、おれも、運ばねえと」

そう言って、八吉が立ち上がると、

「おれも手伝うぜ」

と言って、利助も席を立った。

おとよ、八吉、利助の三人で、肴《さかな》を運んできた。肴は鰈《かれい》の煮付けや小鉢に入った酢の物などである。隼人たちのために、調理しておいたらしい。

七人の男の膝先の膳に酒肴《しゅこう》がそろうと、

「まず、一杯」

八吉がそう言って、隼人に酒を注《つ》いだ。

利助や繁吉たちも注ぎ合って、賑やかに飲み始めた。綾次と浅次郎も、今日ばかりは猪口を口に運んでいる。

いっとき飲んだ後、八吉が、

「旦那、お京と玄庵は、吐きましたかい」

と訊いた。吟味の様子が気になっていたのだろう。

「すっかり、吐いたよ」

お京は女ながらしたたかで、なかなか口を割らなかった。隼人の訊問にも、のらりくらりと言い逃れ、追いつめられると仮病をつかったり、女特有の体の変調を訴えたりして、隼人をてこずらせた。

だが、玄庵はそれほど抵抗しなかった。隼人の前に引き出されたときから、半ば観念していて、拷問をちらつかせると、すぐに口を割ったのだ。

そして、玄庵が吐いたことを知ると、お京も口をひらいた。

ふたりの供述によると、沖山、三谷、永次郎、玄庵、お京の五人は、料理屋、岡場所、賭場などで知り合ったという。

当初は、五人ばらばらで遊び人や商家の倅を脅したり、辻斬りをしたりして金を奪っていたが、しだいに五人で組むようになり、大店に的をしぼって大金を脅し取るようになったという。

「菊池の旦那を殺ったのは、悪事の尻尾をつかまれたからですかい？」

八吉が訊いた。

利助や繁吉たちも、おしゃべりをやめて、隼人の話に耳をかたむけている。

「ま、そうだ。菊池さんは、松野屋の番頭殺しを追っていて、沖山と三谷がかかわっていることを嗅ぎ付けたようなのだ。それを察知した沖山たちは、菊池さんを始末してしまおうと思ったらしいな。ただ、他にもわけがあるようだ」

「なんです」

「町方を震え上がらせて、探索に二の足を踏ませようとしたのさ。八丁堀で殺ったのは、そのためだ」

沖山と三谷は、己の剣の腕に自信を持っていて、町方同心を斬るのに躊躇《ちゅうちょ》しなかったという。

菊池につづいて岡っ引きの弥十を斬ったことで、沖山たちの思惑は、いくぶん違せられた。町方同心や岡っ引きのなかには、斬殺を恐れて探索に尻込みする者が出てきたのである。

「ですが、沖山たちも、読み誤ったわけだ。旦那や天野さまは尻込みするどころか、さらに沖山たちを追いつづけやしたからね」

八吉が言い添えた。

「おれや天野だけじゃァねえ。おめえたちみんなもそうだ。おれは、今度の手柄はおめえたち、六人だと思ってるぜ」

隼人は、利助、綾次、繁吉、浅次郎、平助、八吉に目をやって言った。六人が沖山たち五人の身辺を探り、隠れ家をつきとめたからこそ、事件の始末がついたのだ、と隼人は思っていた。

利助たちは何も言わなかった。満足そうな顔をして隼人を見つめている。

「それでな、おめえたちに、言っておきたいことがあるんだ」

隼人が声をあらためて言った。

「なんです？」

利助が訊いた。

「平助にな、おれの手先として、弥十の跡を継いでもらいてえんだ」

隼人は平助に手札を渡し、岡っ引きとして働いてもらおうと思っていた。

ただ、平助にはまだ話してなかった。

「どうだ、平助、やってくれるか」

「だ、旦那、こんな嬉しいことはねえ……」

平助が声をつまらせて言った。涙目になっている。
これを見た綾次が、顔一杯に喜色を浮かべ、
「これからは、平助兄いもいっしょだ！」
と、弾《はじ》けるような声で言った。
すると、利助、繁吉、浅次郎の三人も、いっしょにやろう、よろしく頼むぜ、など
と目をかがやかせて言いつのった。
八吉は若い五人のひとりひとりに目をやり、満足そうにうなずいている。

本書はハルキ文庫（時代小説文庫）の書き下ろしです。

時代小説文庫
と 4-18

五弁《ごべん》の悪花《あっか》 八丁堀剣客同心《はっちょうぼりけんかくどうしん》

著者 鳥羽《とば》 亮《りょう》

2009年11月18日第一刷発行
2012年 2月 8日第二刷発行

発行者 角川春樹

発行所 株式会社 角川春樹事務所
〒102-0074 東京都千代田区九段南2-1-30 イタリア文化会館

電話 03(3263)5247[編集] 03(3263)5881[営業]

印刷・製本 中央精版印刷株式会社

フォーマット・デザイン&シンボルマーク 芦澤泰偉

ISBN978-4-7584-3445-4 C0193
http://www.kadokawaharuki.co.jp/[営業]
fanmail@kadokawaharuki.co.jp[編集] ご意見・ご感想をお寄せください。

時代小説文庫

鳥羽 亮

剣客同心 鬼隼人

書き下ろし

日本橋の米問屋・島田屋が夜盗に襲われ、二千三百両の大金が奪われた。八丁堀の鬼と恐れられる隠密廻り同心・長月隼人《ながつきはやと》は、奉行より密命を受け、この夜盗の探索に乗り出した。手掛かりは、一家を斬殺した太刀筋のみで、探索は困難を極めた。そんな中、隼人は内与力の榎本より、旗本の綾部治左衛門《じざえもん》の周辺を洗うよう協力を求められる。だが、その直後、隼人に謎の剣の遣い手が襲いかかった——。著者渾身の書き下ろし時代長篇。

（解説・細谷正充）

鳥羽 亮

七人の刺客 剣客同心鬼隼人

書き下ろし

刃向かう悪人を容赦なく斬り捨てることから、八町掘の鬼と恐れられる隠密廻り同心・長月隼人。その隼人に南町奉行・筒井政憲より、江戸府内で起きた武士の連続斬殺事件探索の命が下った。斬られた武士はいずれも、ただならぬ太刀筋で、身体には火傷の跡があった。隼人は、犯人が己丑の大火の後に世間を騒がせた盗賊集団世〝世直し党〟と関わりがあると突き止めるが、先には恐るべき刺客たちが待ち受けていた……。書き下ろし時代長篇、大好評シリーズ第二弾。

（解説・細谷正充）

鳥羽亮

闇地蔵 剣客同心鬼隼人

書き下ろし

江戸府内の日本橋川で牢人の死骸が見つかった。首皮一枚だけを残した死骸は、凄まじい剣戟の痕を語るものだった。八丁堀の鬼と恐れられる南御番所隠密廻り同心・長月隼人は、その手口から、半月前の飾り職人殺しとの関わりに気付き、探索を始める。やがて、二人が借金に苦しめられていたことが判明し、『闇地蔵』なる謎の元締めの存在を聞きだすが……。隼人に襲い掛かる〈笑鬼〉と呼ばれる刺客、そして『闇地蔵』とは何者なのか!? 大好評、書き下ろし時代長篇。

鳥羽亮

刺客 柳生十兵衛

三代将軍家光の治世、幕府総目付・柳生宗矩《むねのり》の一行が、下城の際何者かに襲われた。将軍家の指南役の江戸柳生に刃向かう者とは? 御三家筆頭の尾張に不穏な動きを察知した宗矩は、幕府隠密である裏柳生を柳生十兵衛三厳《みつよし》に任せ、動向を探らせる。やがて、幕府転覆を企む尾張藩主・松平義直と背後で暗躍する尾張柳生が浮かび上がるが……。尾張柳生を率いる兵庫助の目的は!? 幕府隠密・裏柳生の存亡を賭け、十兵衛の殺戮剣が迎え撃つ! 傑作長篇時代小説。

（解説・細谷正充）

時代小説文庫

鳥羽 亮

弦月の風

八丁堀剣客同心

書き下ろし

日本橋の薬種問屋に賊が入り、金品を奪われた上、一家八人が斬殺された。風の強い夜に現れる賊――隠密廻り同心・長月隼人は、過去に江戸で跳梁した兇賊・闇一味との共通点に気がつく。そんな中、隼人の許に綾次と名乗る若者が現れた。綾次は両親を闇一味に殺され、仇を討つため、岡っ引きを志願してきたのだ。綾次の思いに打たれた隼人は、兇賊を共に追うことを許すが――。書き下ろし時代長篇。

鳥羽 亮

逢魔時の賊

八丁堀剣客同心

書き下ろし

夕闇の神田連雀町の瀬戸物屋に賊が押し入り、主人と奉公人が斬殺された。賊は金子を奪い、主人の首をあたかも獄門首のように帳場机に置き去っていた。さらに数日後、事件を追っていた岡っ引きの勘助が、同様の手口で殺されているのが発見される。隠密同心・長月隼人は、その残忍な手口に、強い復讐の念を感じ縛され、打首にされた盗賊一味との繋がりを見つけ出すが……。町方をも恐れない敵に、隼人はどう立ち向うのか？ 大好評書き下ろし時代長篇。